幽默西游

之六

無臂羅漢拍腳掌

周　銳◎著
洪義男◎圖

序

昨天拿到了去臺灣的機票，一個月後我將飛過海峽。雖然現在從大陸去臺灣已很容易了，我還是有點感慨。二十年前我的作品開始陸續在臺灣出版，但二十年來我只能跟臺灣的朋友和讀者在大陸見面。這次我終於可以跟我的書一起去對岸，去跟我的臺灣讀者在臺灣見面了。在臺灣我會有幾次演講，其中一場是面對故事媽媽，主辦單位要我提供一個題目，我想了想說：「就叫《我是故事爸爸》吧！」在大陸還沒有故事媽媽這樣的團體，所以在臺灣的演講會給我新鮮又親切的感覺。

我已經見到聯經出版公司連續推出的《幽默三國》、《幽默紅樓》和《幽默水滸》，就差《幽默西遊》了。前不久有位臺灣朋友來我家，她正在做以我的作品為選題的碩士論文。在我的書房，她拍了一些照片用作資料，其中拍到一套名為《孫小聖與豬小能》的連環畫，這就是《幽默西遊》的前身。一九八七年，我剛從長江油輪調回上海，在鋼鐵廠當駁船水手。我們經常在一位朋友家裡碰頭，為了合作這套連環畫，一個人編腳本，一個人用鉛筆畫初稿，一個人用鋼筆勾線。有

時候我也必須畫幾筆，比如：孫小聖的兵器石筍和豬小能的兵器石杵，沒法說清楚，我只好畫給他們看。那時還沒有電腦，全用手寫、手繪，傳送文稿和畫稿都得親自搬來搬去。二十幾年過去了，現在的網路傳輸多方便。最近有位江蘇無錫的讀者給我發來郵件，說他小時候很喜歡連環畫《孫小聖與豬小能》，現在人到中年仍沒忘懷。他已無法再買到這套連環畫，問我能不能借他一套複印。我家裡保存了兩套，就把其中一套送給他。因為我很能理解那種童年情結。我的前輩任溶溶先生曾在上世紀六〇年代寫過一篇童話〈沒頭腦和不高興〉，那個叫「沒頭腦」的孩子當了建築師，卻忘記設計電梯，大家只好很辛苦地爬高樓。一個讀過這篇童話的小女孩後來真的當了建築師，她找到任先生，說：「我可從來沒忘記裝電梯啊！」這就是可愛又可貴的童年情結。我希望，再過二十幾年，有臺灣的讀者在大陸或臺灣見到我，或者沒有見到我卻給我發來電子郵件，你們會說：「我小時候讀過《幽默西遊》，我還記得孫小聖和豬小能的故事呢！」這多有意思啊！

周銳

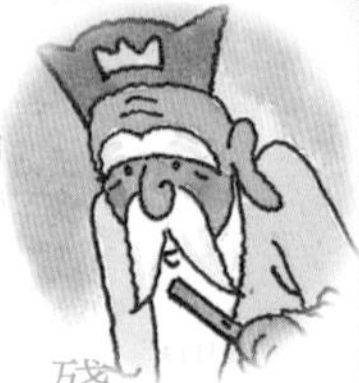

目次

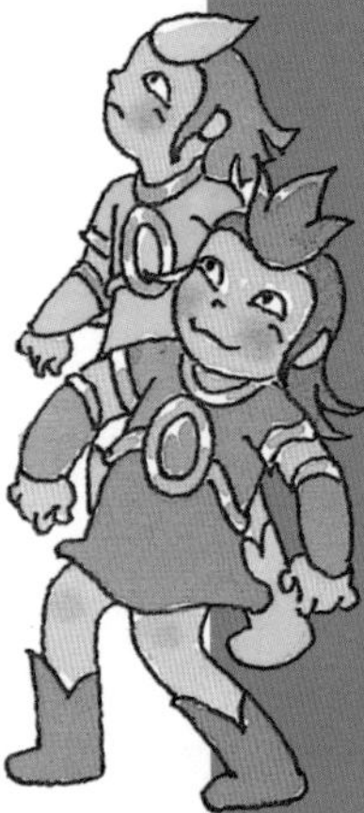

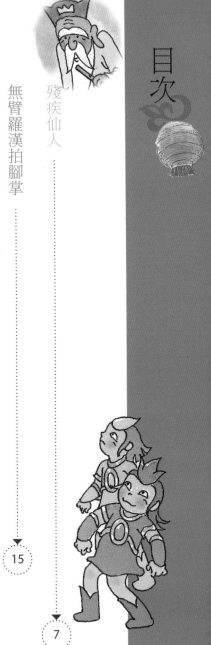

前情提要

《西遊記》新一代當家換人做！

活潑好奇的孫小聖、善良勇敢的豬小能、一群古靈精怪的好朋友。奇妙的法寶、神奇的咒語，九重天到十八層地獄都變成他們的遊樂場，會發生趣事、蠢事，還是麻煩事？且看他們發揮機智、勇氣、友情，上天下地來場精彩的大冒險！

殘疾仙人

「飛毛腿大叔，你要去哪兒？」

「去送通知信。」飛毛腿揚了揚手中的信，「不過，這跟你們沒關係。」

「別賣關子了。」小能說。

「給我們看看！」小聖跳起來。

飛毛腿故意把通知信舉得高高的，小能便使出輕功，踩著他腿上的幾片飛毛爬上去，一把搶過來。但見紙上寫著：

所有殘疾仙人，請去鐵拐李家，有要事商議。

飛毛腿拿著通知信走了。

「殘疾仙人要開會，真有意思。」

「咱們去看看。」

他倆駕起雲頭，很快來到鐵拐李門外，見到兩扇半開的門上貼了一副字：

不殘莫來
真疾可入

「看來只好變化一下。」小聖說，「我變青蛙。」

「我變蛤蟆。」

說變就變。瘦青蛙和胖蛤蟆跳進門裡。這會兒，鐵拐李正在一塊木牌上寫字——殘疾仙人互助會。

剛寫完，無臂羅漢駕雲而來。羅漢無臂，只好樣樣用腳，他抬起一腳，與鐵拐李握手：「你好。」

接著光臨的是無嘴仙姑。她沒辦法說「你好」，就向鐵拐李豎拇指，打手語。

「好！好什麼？就因為不好才找大家來。」鐵拐李沒好氣地說。

吃飯了，無臂羅漢用腳拿筷子，無嘴仙姑用鼻子吃麵條……

「咱們處處不方便，」鐵拐李說，「所以組織這個『殘仙會』以殘會友……」

「青蛙」和「蛤蟆」跳上桌子，呱呱叫：「我們也可以幫助你們！」

「你們是……」幾位殘仙嚇了一跳。

小聖和小能立即恢復原形。小聖說：「你們是『殘仙會』，我們可以成立一個『殘仙之

友會』。

「太好了！」

鐵拐李和無臂羅漢叫起來，無嘴仙姑也翹起拇指。

過了幾天，鐵拐李發起牢騷：「馬上又要分蟠桃了，每次都因為我走得慢，到得遲，只分到剩下的小桃、爛桃……」

「不要緊，」小能說，「我們『殘仙之友會』替你去向王母反映。」

「太謝謝你們了。」

小聖和小能離開鐵拐李家，在蟠桃園裡找到了王母。王母聽完後，當場拍板：「這次要照顧殘疾仙人，多分點蟠桃給他們。」

分桃子這天，小聖和小能讓楊不輸、楊不敗也加入殘仙之友會。幾名會員有的爬上樹，摘了大桃往下拋，有的在下面接桃子，裝進筐子，忙得興高采烈。

王母站在一筐筐桃子前，向眾仙宣布：「開始分桃！」

這時，二郎神楊戩走過來，見兩個兒子賣力地抬著一筐大桃，不禁喜上眉梢：「這是我們家的？好大的桃！」

不輸說：「是給鐵拐李大叔的。」

「咱們殘仙之友會把桃送上門！」不敗鬥志昂揚地說。

「你們瞎起勁！」楊戩訓斥道，卻見小哥倆早已駕雲遠去。

小聖、小能正在分桃。小聖大喊：「天偷星來了沒有？」

「來啦，來啦！」

天偷星接過一筐桃，頓時傻眼了：「我的怎麼這麼少？」

小聖解釋說：「按新規定，有殘疾的多分桃，你多一隻手的當然就該少分些啦！」

「少分就少分，難不倒我天偷星。」他一邊提著桃筐走開，一邊順手牽羊地用背後的手偷拿別人筐裡的桃，一會兒就把桃筐裝滿了。

楊戩站在一旁狡猾地暗想：「三隻手少分桃，只怕我這三隻眼也……哼，有辦法了。」

他便拿著三尖兩刃刀，當枴杖倒拄著，一邊翻眼，一邊吆喝：「請讓一讓，讓讓瞎子！」

「咦，」李天王驚奇了，「昨天你眼睛還好好的……」

「昨天好好的，明天也好好的，只要今天瞎，就能多分桃！」

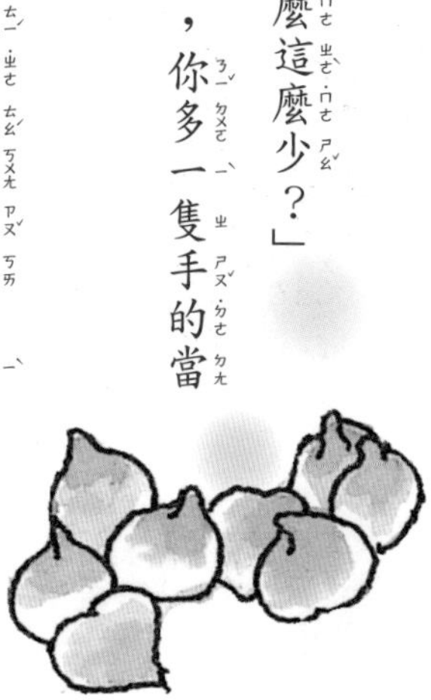

李天王立刻開了竅：「好哇，他能裝假，我也會！」

見楊戩來到負責分桃的小聖和小能跟前，李天王故意擠過去「插隊」。楊戩發火了：「叫你讓開，沒聽見啊？」

李天王指著耳朵聲明：「我什麼都聽不見，我是聾子！」

小能生氣地說：「你們真不要臉——」

小聖對小能眨眨眼：「只要是殘疾仙人，就得按規定照顧。」

「對呀，對呀！」楊李二人高興地說。

「你怎麼也說『對呀』？」小聖質問李天王，「你應該聽不見的呀！」

「這……」李天王張口結舌，摸摸鼻子溜走了。

楊戩得意地嘲笑道：「這種笨蛋，想貪小便宜，又不肯動腦筋！」

接下來，小聖往楊戩的筐裡裝進大桃。

突然，楊戩發現分給他的桃子有蟲眼，毛毛蟲都爬出來了，不由大怒：

「你……你都給我生蟲的桃子，這算什麼照顧？」

「你能看見蟲子？」小聖笑了。

楊戩被問得張口結舌，也只好摸摸鼻子溜走了。

小能哈哈笑了：「看來這也是個笨蛋！」

無臂羅漢拍腳掌

殘仙會和殘仙之友會又聚在一起開會了。

小聖當主持人：「今天咱們討論的是捐獻器官給殘疾仙人的事……」

小能首先站起來說：「我把我的嘴捐給無嘴仙姑吧！」一旁的無嘴仙姑連忙擺手推辭。

說捐就捐。小能沒了嘴，無嘴仙姑卻有了一個屬於她的豬嘴。

眾仙大笑，楊不敗笑得最厲害：「哈，一點也不好看！」

小能低了頭，心裡真難受。

「別笑啦！」無嘴仙姑第一次說話了，她怒吼一聲，眾人停住笑，直發愣。

接著，她流著淚，激動地說：「這是好看不好看的事嗎？小能捨己為人，大家該給他鼓掌才對！」

寂靜無聲。突然「嘩——」，熱烈的掌聲響起來（無臂羅漢感動得直拍腳掌）。

有了嘴，仙姑的話也就多起來，恨不得把過去憋在肚子裡的話，一下子全部說出來；說到後來，她卻這樣說：「我不能要別人的嘴……每次開會時，能借張嘴來說說話，我就滿足啦！」

無嘴仙姑說完這句話，便把嘴還給了小能。

楊不敗急忙預約：「下次我借妳我的嘴巴！」

接著鐵拐李發表自己的看法：「這捐獻器官嘛，最好是誰有多餘的，他捨得捐，我們也好意思要。」

「有了，」小聖腦子轉得快，「天偷星多一隻手，我去說服他捐給無臂羅漢。」

「好呀！獨臂總比無臂強。」無臂羅漢高興得直跺腳。

小聖馬上去找天偷星。

天偷星很忙，挺難找的。小聖駕雲來到天街上空，聽見半條街都嚷著失竊，心裡一喜，天偷星肯定就在這裡。

估計天偷星不偷遍全街不會甘休，小聖便在最後一家店鋪等候。「哈，果然不出我所料！」

眨眼功夫，只見天偷星背著大包袱迎面走來。

「多好、多靈巧的一隻手，為什麼要給人家！」天偷星聽了來意，先是不肯。

小聖盡力勸說：「你這『三隻手』的名聲多難聽呀！」

「說的也是。」他暗想，「再說，剩下兩隻手，我照樣能偷呀！」

天偷星摘下背後那隻手，交給小聖，大聲招呼道：「大家都來看呀，我做好事了！」

大夥兒圍過來，見是天偷星，個個氣得七竅生煙：

「哼！你也配做好事！」

「你偷了我的三鮮湯勺，快還我！」

「我要告你進天牢！還我的七巧滑板！」

趁此機會，小聖丟下天偷星，匆匆趕回。

回到「殘疾仙人互助會」，小聖把天偷星的手接在無臂羅漢身上。

「太棒啦！」無臂羅漢彎起手臂，握起拳，十分興奮。

可是第二天，鐵拐李和無嘴仙姑又來找殘仙之友會。

鐵拐李既代表自己，又代表無嘴仙姑說：「我的葫蘆，她的耳環，都不見了。」

小聖猜疑道：「會不會是羅漢幹的？」

「他向來正派，別冤枉好人！」鐵拐李為無臂羅漢辯護著。

不知什麼時候，無臂羅漢已站在門口，眾仙一點也沒有發覺，他苦惱地說：

「是我偷的……不，是我的手偷的！」

他的手不肯交還贓物，只好再用腳拿——大腳趾上掛著葫蘆，小腳趾上套著耳環。

小能建議道：「這隻手賊性不改，得幫它治一治。」

「北斗星君醫術高明，咱們去找他。」

「好！」

小能跟小聖正要出門，無臂羅漢請求說：「等一等，先替我把這隻賊手綁起來，免得它不老實。」

小能按住賊手，小聖用長繩繞著羅漢一圈圈捆綁。羅漢叮囑道：「請綁結實些……」

捆好後，就這樣一起去見北斗星君。

星君吃了一驚：「這是……」

「這隻手賊性難改，請您幫忙治治。」小聖說。

星君微微一笑：「我有『手腳淨』藥汁，可以使手腳乾淨，不再偷竊。」

「太好了！」無臂羅漢差點又要拍腳掌。

小能幫羅漢大口大口灌下藥汁。星君挺有把握地問：「感覺如何？」

「手上……好像有東西。」

「哦？」星君急忙掀起羅漢的袖子，但見那隻被綁住的賊手，竟拿著剛才小能餵藥的藥碗，「天哪，它……它居然偷走了藥碗！看來這隻手賊性特別頑固，我的藥失靈了……」

羅漢懇求道：「大家行行好，幫我把手折了吧，我還是做回無臂羅漢吧！」

小聖拿著那隻折下來的手臂，找到天偷星：「拿去吧，沒人要你這不乾淨的手！」

天偷星不禁悲從中來：「啊——我的手怎麼這麼髒，送人也沒人要？」

小聖像躲避災難似的趕緊駕雲離開，一邊飛行，一邊自責：「我真糊塗呀，想用壞人的手做好事！」

星光寶石

仙匠魯班在做燈籠。

魯班的手藝天上一流，人間少有，做出來的燈籠形狀各異，美輪美奐。

小聖和小能跑過來，看見地上擺著許多好看的燈籠，兩人眼裡露出欽羨的目光，嘴裡「嘖嘖」稱讚。

「你們喜歡，就拿兩個去玩吧！」魯班說。

「我要這個。」小聖揀了一個兔子燈。

「我要這個。」小能挑了一個鯉魚燈。

到了晚上，小聖和小能就提著燈籠，結伴出門去玩。

他們來到南天門。

南天門有兩員天將在值夜班站崗。因為晚上出入境旅客不多，二天將顯得無聊，只好仰起頭來數星星，消磨時光。

「晚安！」小聖打招呼。

「你們辛苦啦！」小能說。

「哦，是你們倆哪！」天將甲有點吃驚，「你們提著燈籠，我還以為是流星呢！」

「流星？」

「瞧，」天將乙指著一顆正緩緩移動的流星，對他們說，「也不知怎麼回事，最近流星特別多。」

「怪不得星星變少了。」小聖若有所思。

天上那顆流星突然劃出一道弧線，向一座高大的房子飛快地墜下。

小能覺得有點奇怪，說：「那顆流星像是朝二郎神家落下去了。」

不一會兒，又出現一顆流星，又滑向那座房子。

「咦？」小聖驚訝道，「還是落向那邊……」

「聽說流星會變成石頭，咱們去找找看。」

「好吧！」

兩人提著燈籠向那座房子走去。

他們圍著房子細細尋找。

轉到大門邊，楊不輸和楊不敗走出來。

哈，果然是二郎神楊戩家。

楊不輸問：「小聖，小能，你們在找什麼？」

「找流星。」小能回答。

「找流星」一定很好玩，楊家兄弟急忙轉身回屋，也提出兩個燈籠來：「太有意思了，我們一起找吧！」

小聖見楊家兄弟的燈籠特別亮，好奇地問：「你們的燈籠這麼亮，不像點的蠟燭……」

不輸和不敗就從燈籠裡取出兩塊閃閃發光的寶石，對他們說：

「我們的燈籠用的是這個。」

「爸爸說這叫『星光寶石』。」

「他從哪兒弄來的？」小聖接過寶石，邊看邊問。

「不知道。」不輸和不敗如實回答。

找了半天，什麼也沒找到，小聖、小能便打道回府。半路上，又看見一顆流星緩緩滑落。

太白金星晚上睡不著覺，出來走走，散散心。迎面碰見小聖和小能。

小聖說：「金星爺爺，你看，一顆流星。」

「流星？」太白金星抬頭一看，覺得有點奇怪，他疑惑地對小聖和小能說，「我看不像，要是流星，應該拖著長長的尾巴……」

太白金星一邊說，一邊搖頭走開了。

「長長的尾巴……」

「不是流星那會是什麼？」

小聖和小能談論著，越來越不能理解了。

「哈——」空中忽然傳來笑聲，「今

晚又是大豐收！」

「好像是楊戩的聲音。」小能抬頭說。

「他又在做什麼？」小聖驚奇道。

「咱們再去找楊家兄弟，星星變少的事可能跟楊戩有關……」小聖拉起小能往回走。

楊不輸和楊不敗還站在大門口，提著寶石燈籠，等待老爸回家。左等右等，不見人影，卻見小聖和小能又折轉回來。

「小聖，小能。」

「不輸，不敗。」

小聖湊過去，附在兩兄弟耳邊，小聲嘀咕：「如此如此，這般這般……」

「好！」

「沒問題。」

楊家兄弟拍著胸脯說。

原來，真是二郎神楊戩在偷摘星星。

楊戩每天都在想著發財，從晚上想到白天，又從白天想到晚上，忽然抬頭看見滿天星辰。

他大喜過望，興奮地思量：「天上的星星既不屬於你，也不屬於他，那麼到底屬於誰呢？不知道。」

「嗨，屬於我嘛！」楊戩叫出聲，「我把它們弄到手，豈不就成為我的私有財產？」

「可是要怎麼把它們弄到手呢？」楊戩眼巴巴地望著遼遠又浩瀚的夜空，出神地想，「只有等它掉下來嘍！」

於是他等喔等喔，每天晚上不睡覺，耐心地等著天上掉星星……

沒想到，還真讓他給等到了。

有一次，一顆流星滑下來，「咕咚」一聲，掉進了他家屋後的池塘裡。

楊戩飛快地趕到池塘邊。

池塘裡射出一片耀眼的光芒，他驚異地說：「喔呀，了不起，掉到水裡還會發光！」

他拿來一個長柄網兜，從池塘裡撈起那顆落水的星星。

「哈！」楊戩大喜，「流星變成了寶石！」

這就是「星光寶石」。

「星光寶石」色彩斑斕，晶瑩剔透，永遠熠熠閃光，令人愛不釋手。

楊戩拿著寶石，在池塘邊不耐煩地望著天上的星星，踱過來，踱過去，心裡盤算著：「等它們掉下來，太慢了……」

「葡萄要熟透了，才會自己掉下來，我可等不及。」他打定主意，駕起雲頭，飛到空中，偷摘星星。

為了不被人發現，楊戩用了隱身法，隱去身形。

摘了星星，一顆顆將它們拋進自家屋後的池塘裡。

經池水一浸，星星變成了寶石。

這麼多星光寶石，楊戩自然賣了不少錢。

那天，與寶石收藏家托塔李天王一手交銀，一手交貨，李天王好奇地問起二郎神楊戩：「你哪來這麼多寶石？」

楊戩吃了一驚，慌忙掩飾道：「我、我吃了仙藥，吐、吐、吐出來的。」

「哦？有這本事……」接下來輪到李天王驚異了，「幾日不見，沒想到你的法術這樣高深，佩服，佩服！」

水火顯祕法

這天晚上，二郎神楊戩像摘葡萄一樣，從天上摘下一口袋星星，哼著《天女散花曲》，興匆匆回到家裡。

剛摘下來的新鮮星星，要放進池水裡浸泡十二個時辰，才會變成星光寶石。於是，他先將剛摘回的星星拋進屋後池塘裡，再用網子從池塘裡撈起已浸好的星光寶石。

捧著寶石，楊戩一頭鑽進自己的房間。

楊不輸和楊不敗還沒睡，他們躡手躡腳地跟在老爸身後，暗暗留心著……

「老爸怎麼老上夜班？」

「不知道在幹什麼？」

小哥倆小聲談論著，貼在爸爸的房門縫，往裡面偷看。

卻見楊戩喜孜孜從床底下搬出一盒百寶箱，「咔吱」一聲打開來。

「哦呀，這麼多寶石！」

「小聲點，別讓爸爸聽見……」

他倆接著看：又見楊戩捧著一把閃閃發亮的星光寶石，一顆一顆放進箱子。

箱子鎖好後，重新藏到床底下。

楊戩走到桌前，提起狼毫筆，在一本簿子上寫字。一邊寫，一邊自言自語：

「讓我記上今天的流水帳……」

滿意地做完一切，他大大地伸了一個懶腰：「呵——，好累！今晚可要早點睡。」

楊戩躺到床上，不一會兒就打起呼嚕來。

不輸說：「去瞧瞧寫些什麼？」

他們輕輕走進爸爸的房間，從桌子上拿起那本簿子。

三月二十四日 摘星八顆，賣給財神六顆

三月二十五日 摘星十顆，賣給李天王五顆……

一切全都明白了，小哥倆氣衝衝跑出房門。

「爸爸真不害羞！」

「咱們明天去告訴小聖、小能。」

第二天，楊家兄弟找到小聖和小能。

小能問：「箱子裡都是星光寶石？」

「是的，滿滿一箱子。」不輸說。

小聖氣憤極了：「從哪兒摘下來的，就放回哪兒去！」

他們便一起來到楊家。

楊戩正在睡午覺，一邊抬手動腳地說夢話：「星星，別、別跑！」

「不許偷星星！」

在孩子們的叫喊聲中，楊戩被吵醒了，他揉著眼睛坐起來，「誰看見我偷星星？拿證據來！」

耍賴也是楊戩的拿手戲。不輸說：「星星都關在百寶箱裡。」

小聖和小能就趴到床底下找。怪了！床底下空空蕩蕩的，除了楊戩的一雙臭鞋，什麼也沒有……

「對了，」不敗跑過去，拿起桌上那本簿子，「這上面記得一清二楚！」

「那就打開看看吧！」楊戩無所謂地說。

可是一打開那本簿子，楊不輸和楊不敗頓時傻眼了：

「簿子裡全是白紙，字都不見了。」

楊不敗急了，對小聖、小能說：「明明有看見字的！」

「這……」

小聖和小能只好悻悻離去。

「哈——」楊戩站在門口大笑，「乳臭未乾，敢來和我二郎神較量？」

走出不遠，小聖懷疑道：「他那簿子一定有問題……」

「有沒有什麼辦法能顯出字來呢？」小能說。

他倆商議著，小聖忽然有了主意：

「聽楊不輸說，他跟李天王有交易……對，我來變成李天王！」

說變就變。

「像！真像！」小能拍手笑。

假李天王大模大樣來到楊戩家，「叩叩叩」，敲門。

「哈，生意來了。」

楊戩興奮地跑去開門。

見是李天王，他喜出望外，滿臉堆笑說：「昨晚又有新收穫……造型獨特，成色上佳，任君選購……」

「我不是來買寶石的。」假李天王說。

楊戩當場垮下臉，笑容倏忽不見了：「那你跑來幹嘛？」

「我來討個公道。」

「討什麼？我這兒什麼也討不到，要討你上別家去討吧！」

「不，就找你。」假李天王假裝生氣說，「昨天上午，你賣給我四顆寶石，加收了我五顆的錢！」

「不可能。」楊戩跑到桌子邊，拿起那本簿子，揮動著，「不信，你可以查我的帳。」

「好吧，」假李天王接過帳簿，翻開來看，「哈，全是白紙，一個字也沒有，這下你可說不清了。」

「別急，別急，」楊戩焦急地說：「這樣做是為了保密，萬不得已，等一下，我弄出來給你看。」

於是，楊戩架起爐子，先燒了一大鍋水。

等水燒開了，就把帳簿扔進去。

然後手忙腳亂地添油，加醋，放

糖，放味精……煮了三分鐘。

再把帳簿夾出來，扔進爐火裡烤。

「怎麼，你要毀帳？」假李天王大喝一聲。

「不是啦！待會兒你就知道了。」

烤了三分鐘，就見帳簿上顯出字跡：

三月二十五日 摘星十顆，賣給李天王五顆……

「這叫『水火顯祕法』。」楊戩得意地介紹。

假李天王裝模作樣地翻看帳簿。二郎神楊戩在一旁吹噓：

「你瞧，清清楚楚，明明白白。」

「好！」

假李天王還原成小聖，他舉著帳簿對楊戩說：

「這下你可賴不掉啦！」

楊戩大驚：「你……」

就在這時，太白金星、北斗星君等走了進來。

「真可恥，」太白金星指責道，「連星星也逃不過你的魔爪。」

「怪不得北斗七星只剩三星啦！」

眾仙紛紛怒斥。

楊戩端出百寶箱，難為情地哀求：「大家別說了，我再把這些星星掛上去，行不行……」

帶著哮天犬，楊戩趕往天上掛星星。

財神爺托著星光寶石追過來；李天王也不想落後……

楊戩用手掛，哮天犬用嘴掛，楊戩忙得滿頭大汗。

夜幕降臨了，星星亮起來……

太白金星望著空中亂七八糟的星星，大聲對楊戩說：「不行，全部重來！」

「為什麼？」楊戩又吃一驚。

「星辰各有位置，哪能隨便亂掛？」

「可它們原來的位置在哪，我已記不住了……」楊戩垂頭喪氣地說。

「那好吧，」太白金星歎了一口氣，「跟我來，給你補上天文課……」

天宮運動會

每八百年舉行一次的天宮運動會，總是獨具天上特色。你看：

有張果老發明的倒騎比賽，張果老倒騎驢，別的神仙就倒騎牛，倒騎虎。

有鐵拐李首創的拄杖競走，瘸腿的鐵拐李拄著拐杖，不瘸腿的其他神仙也彆扭地拄著拐杖。

「狗咬呂洞賓，不識好人心。」所以還有鬥狗比賽。發令鑼一響，呂洞賓雙手提著一塊花布，像西班牙鬥牛士一樣，瞪紅眼睛成了鬥狗士。

這天，小聖和小能遠遠看見天郵使飛毛腿飛速跑來。

小聖道：「飛毛腿又來送什麼信？」話音剛落，飛毛腿已到眼前，像散發傳單一樣，遞來兩張通知信：「快要開天宮運動會了，請速去報名參賽……」

小能躍躍欲試：「咱們也參加。」

小聖道：「看看有哪些比賽項目。」

通知信上寫得明白：倒騎比賽、拄杖競走、鬥狗比賽……

小聖對飛毛腿說：「飛毛腿，你要是參加賽跑，肯定拿第一。」

「有道是，能者多勞，馬不停蹄，光發通知信就夠我忙的，哪有功夫參加比賽呀！」

「就當作熱身訓練好了……」小能說。

飛毛腿背著一郵袋通知信，揮揮手，又上路了。

「再見，小聖、小能。」

「再見！飛毛腿。」

飛毛腿來到二郎神楊戩家。

門前，楊戩在躺椅上翹著他發明的二郎腿，曬太陽，打瞌睡，「滴答滴答」，口水都淌下來了。

飛毛腿搖醒楊戩，將通知信遞給他：「你越來越胖了，也該運動運動。」

「唔。」楊戩伸著懶腰，無精打采。

「天宮運動會？」看完通知信，他興奮起來，自言自語道：「也許我可以參加扔山比賽……」

「這項目好！」飛毛腿誇道，「至少可以拿最佳創意獎。」

「好久沒練了，不知能不能搬動大山？」楊戩沒把握，他站起來，一手叉腰，一手伸開，念道：「山來！山來！」

就見一座大山「呼呼」飛來，落在他的掌心，害他跌一個踉蹌。

他咬緊牙關，使盡吃奶的力氣，像扔鐵餅一樣旋轉發力——

「呀！」

大吼一聲，終於將大山扔了出去。

「大力士，了不起！」飛毛腿朝楊戩豎起拇指。

但好事多磨，轉眼間那座山又「呼呼呼呼——」飛了回來。

「啪嗒」一聲，大山重重地壓在楊戩身上，飛毛腿趕緊從大山底下拉出楊戩，可憐二郎神楊戩早被壓成了薄薄一片！

幸虧有哮天犬及時搶救，口對口吹氣，楊戩好不容易才恢復原樣。

「看來大力士不止你一個……」飛毛腿說。

「一定是巨靈神。」楊戩劫後餘生，心存怨怒，他鬼鬼祟祟地對飛毛腿說：「開運動會的事就不要通知他了……」

「不通知我，這公平嗎？」

誰在說話？二人吃驚地回頭仰視：卻見大個子巨靈神伸出一隻巨掌，像轉健身球一般，轉動著掌中的三座山峰。

楊戩看得嚇呆了……

「哈，」飛毛腿笑著唱道：「水不轉來山也轉……」

在飛毛腿的歌聲中，巨靈神掌中的三座大山，轉得更快了。

「看來，」楊戩暗暗思忖，「力敵不如智取……」

於是就對巨靈神說：「假如你把華山扔到東海，我把泰山扔到西海裡，就算我贏了。」

「為什麼？」巨靈神不解。

「你沒聽說重於泰山嗎？所以泰山比華山重。」楊戩奸笑著說，「你手中的山都不太有名，扔起來沒什麼意思。你我都算個名人，名人就該扔名山……」

「唔，那好吧！」

巨靈神離開後，邊走邊想：「楊戩真的能贏我嗎？」

忽然遇見小聖和小能。

見巨靈神兩條掃帚眉絞在一起，小聖關心地問：「巨靈神大叔，您為什麼事發愁？」

巨靈神就把和楊戩比賽扔山的事說給小聖和小能聽。

小能說：「楊戩的力氣沒您大。」

小聖說：「但壞點子很多。」

「我也不相信他能扔動泰山，」巨靈神擔心地說，「不知他又會耍什麼新花招……」

小聖自告奮勇，「咱倆去泰山，看看楊戩搞什麼鬼。」

「謝謝你們了。」巨靈神告別小聖、小能，駕起一塊「肥雲」緩緩而去。

小聖和小能也乘上飛雲，向泰山飛去……

鼴鼠精和黑熊怪

「下面就是東嶽泰山了。」

「怪不得稱為五嶽之首，好壯觀！」

小聖和小能站在雲端向下俯視，果見一座氣派的大山，雄駐東土，聳入雲天，巍巍峨峨，鬱鬱蔥蔥。

二人降落到山上，迎面走來一個穿戴整齊的老頭。老頭說：「我是此處山神。你們也是楊戩請來打工的吧？」

「打工？」小能覺得新鮮。

「楊戩請人打工？」

小聖問，「打什麼工？」

山神如實稟告：

「請了個鼴鼠精來開山洞，又請個黑熊怪來砍樹木……」

原來，二郎神楊戩自從跟巨靈神答應扔山比賽的口頭協定後，便日夜兼程，加緊做好各項準備工作。

看見鼴鼠精挾著炸藥包上山來，又見黑熊怪揮動長柄大斧在砍樹，他得意地想：「哈，山裡都是洞，樹木都砍光，泰山就會輕多了，傻個子巨靈神這回可是輸定了……」

鼴鼠精和黑熊怪找到楊戩。黑熊怪問：「老闆，我們的報酬什麼時候付？」

「岱宗夫如何？齊魯青未了……」楊戩故意打馬虎眼，弄得鼠精和熊怪如墜五里霧中，什麼也聽不懂。

「替你打工，可不行拖欠工資。」鼴鼠精說。

「會當凌絕頂，一覽眾山小……五嶽歸來不看山，黃山歸來不看嶽……」楊戩東扯西拉。

只見鼴鼠精將炸藥包往楊戩腳上綁，黑熊怪揮動大斧就往楊戩頭上砍。

「別之乎者也了，我們是來談判的，快說，什麼時候給錢？」

「對，給多少？」

「有話好好說，別急，別急，」楊戩自己倒急出一身汗來，「等、等我扔山拿了冠軍，就把獎金分一點給你們……」

這時，小聖、小能正在樹後偷聽。

小能說：「這傢伙一毛不拔，鐵公雞。」

小聖說：「咱們快去告訴巨靈神。」

二人悄悄離去。

那邊的談判繼續進行。

黑熊怪丟掉斧子：「哼，要是你拿不到冠軍怎麼辦？」

「是啊，」鼴鼠精放下炸藥包，「拿不到冠軍，咱們不是白幹啦？」

「只要你們努力工作，冠軍一定是屬於我的！」楊戩揮著拳頭說。

「老闆，我們是精怪，你比我們還精怪！」

「你還是另外找人吧！」

鼴鼠精、黑熊怪雙雙起身告辭。

「二郎神別慌，有什麼活兒我來幫你做！」

聽說現在不景氣，只要有工作，不愁沒人做，馬上就有毛遂自薦的人來了。

楊戩聽了大喜，連忙轉身迎接。

忽見小聖、小能領著巨靈神匆匆趕來，剛才的話就是巨靈神喊出的，楊戩目瞪口呆。

當然不便找巨靈神替他打工，二郎神楊戩急匆匆離開泰山。

一計不成，又生一計。楊戩回到家裡，尋思道：「扔山占不到便宜，我可以參加賽跑，不過，聽說飛毛腿跑得挺快的……」

說曹操，曹操到。飛毛腿好不容易發完通知信，正在進行賽前訓練，剛從楊府門前跑過。

楊戩急忙招呼：「飛毛腿，你來！」

「找我有事？」

「明天上午替我給四海龍王送幾封緊急的信。」

「明天上午？」飛毛腿一驚，「那我就來不及參加運動會啦！」

「哦，」楊戩若有所思，轉動眼珠說，「你來不及參賽，乾脆借兩片飛毛給我用用。」

楊戩好意思借，飛毛腿倒不好意思不借了。

事出無奈，飛毛腿只得忍痛拔下兩片飛毛遞給楊戩。

楊戩脫下鞋子放飛毛，興奮極了：

「一隻鞋子裡放一片，這下誰也跑不過我啦！」

＊＊＊

小聖和小能剛從泰山歸來，就見飛毛腿打楊戩家裡無精打采地走出來。

小聖說：「明天就要當冠軍啦，幹嘛這樣垂頭喪氣的？」

「還說什麼冠軍！」飛毛腿氣惱地訴說，「楊戩他……」

「原來是這樣。」小能說。

「別發愁，」小聖安慰道，「有我們幫你。」

第二天早上，飛毛腿信守諾言，前去拿信。楊戩將早已準備好的幾封信遞給他。飛毛腿走出楊府。

楊戩得意地笑了。

信封上寫著：

東海龍王　收

西海龍王　收

南海龍王　收

北海龍王　收

小聖跑過來，拿走一封信：「我幫你送北海。」

小能拿走另一封：「我幫你送西海。」

「謝謝你們！」飛毛腿挺感動的。

飛毛腿只送東海、南海，就省時多了。他向波濤滾滾的東海降落。

東海龍王拆信觀看。

「怎麼看不懂？」龍王自我解嘲說，「大概天書就是這樣的吧！」

飛毛腿好奇地接過信來，「啊？」見全是亂塗亂劃，不由大怒，「這傢伙亂寫一氣，故意戲弄我！」

這時，天宮運動會如期舉行，賽跑馬上就要開始了。

裁判員手持銅鑼，高聲叫喊：「各就各位，預備——」

選手們以手觸地，準備起跑。楊戩排在首位，彎著身子，興奮地想：「這回我贏定了！」

就在這時，小聖和小能氣喘吁吁跑過來。

「等一等！」小能奪下裁判的鑼。

「歇一歇！」小聖拍拍楊戩的背。

但見飛毛腿從天而降，飛身入場。

「怎麼搞的？」楊戩吃了一驚，隨即心跳加快，臉色發白，「他這麼快就返回來，真是奇蹟！這賽跑看來也用不著比了……」

王母娘娘又在瑤池開蟠桃會了。因為今天的會議主題只有一個(也就是吃蟠桃),所以各路神仙起得早,到得齊。

望著一盤盤鮮潤美味的桃子,嘴饞的仙人忍不住滴下口水。有一位胖仙人等不及,饞兮兮地伸出手來……

「慢!」王母宣布說,「今年玩個新花樣,都得表演節目,不然別想吃。」

「這……」

胖仙人不好意思地縮回手；群仙們抓耳撓腮，面有難色。

誰也不願第一個出場，王母娘娘開始「點兵點將」：「鐵拐李，你先來。」

「我只好學狗叫了。」鐵拐李趴到地上，捏著鼻子學狗叫，「汪汪汪！」二郎神楊戩摸著哮天犬的腦袋，開心地說：「哈，有點像。」眾仙樂得大笑。

鐵拐李早拿起一個桃子啃了一口。

接下來輪到彌勒佛。

「我來講個笑話吧！」

可是彌勒佛的笑話只把他自己逗笑了（就算沒講笑話，他也總是那麼笑口常開），別的神仙聽了簡直不知所云，一個個嚴肅得如泥塑的佛像。

「哼，愛笑不笑，照吃蟠桃。」彌勒佛笑咪咪，也拿起了一個鮮桃。

還是魔禮海的琵琶彈得好聽。

魔禮海倒轉雙手，反彈琵琶，來賓們聽得如醉如癡。

一曲彈罷，魔禮海提著琵琶，拿了蟠桃走開。

哈將軍有點奇怪：「哈，他不彈了，怎麼還有樂曲聲？」

哼將軍鼻子一聳：「哼！這叫『餘音繞梁』，你懂不懂藝術？」

接著，吳道子當眾表演作畫。

蘸彩墨，揮神筆，轉眼畫出了七位仙女。七仙女們面若桃花，身如楊柳，有的提著花籃，有的捧著花籃，花籃裡裝滿蟠桃，美得……美得……反正各位神仙眼裡不見蟠桃只見仙女了。

更絕的是——七仙女們竟走下屏風，臉上掛著微笑，去向眾仙們獻桃。

「好！」

「妙！」

神仙們熱烈鼓掌，高聲喝采。

因為畫出來的假仙女更美，王母娘娘便叫真仙女們去燒水了。

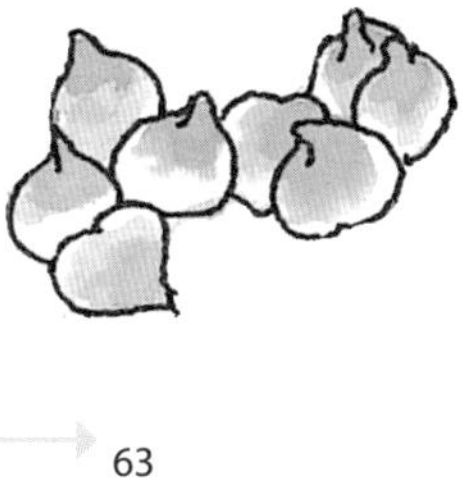

見此情景，二郎神楊戩又打起發財算盤。他一邊吃桃，一邊想：「辦個才藝班，教小孩彈琴、畫畫，應該很有賺頭……」瑤池蟠桃會一閉幕，楊戩便找到魔禮海，先遞上名片。

二郎神才藝班
校長 楊戩

再遞上聘書：「我想聘請您為本校琵琶教授。」

「對不起，楊校長。」魔禮海推託，「我可不大有空……」

楊戩誘之以利：「我校聘金豐厚！」

「這個嘛……」

說服了魔禮海，再請吳道子。

吳道子這幾天聲名大振，畫價高漲，他一口回絕說：「我可不缺錢。」

楊戩又一本正經，歎道：「孩子是我們的希望啊！」

「這……好吧！」

楊戩馬上掛招牌，做廣告。

招生啓事

二郎神才藝班，特聘

名家吳道子，魔禮海領銜任教

名額有限，報名從速！

好多神仙圍過來看，悟空和八戒也夾在其中。

悟空跟八戒商量：「我想讓小聖學畫畫。」

八戒說：「好，總不能讓他們整日貪玩，我讓小能學彈琵琶吧！」

悟空回到家裡，跟小聖一說，小聖跳起來：「我不想學畫畫！」

悟空勸道：「去吧，去吧，別讓人家說我們不懂藝術。」

那邊，小能也嘟起嘴巴：「我不喜歡彈琵琶。」

「好孩子，」八戒哄著小能，「別讓人說我們是鄉下人，只會拿釘鈀。」

於是，悟空、八戒和其他家長帶著孩子，來到二郎神才藝班排隊報名。

楊戩坐在門口桌邊，一邊登記，一邊收銀，心裡喜不自勝，口中連說：「歡迎，歡迎！」

開學了。小聖走進「美術班」，小能走進「音樂班」。

「噹噹噹！」上課鐘響了，學生們都到齊了，可是老師卻遲遲沒有露面。

「老師怎麼還沒來？」同學們等得好不耐煩。

楊戩也著急了，伸長脖子朝窗外望。

一等二等，沒等到老師，卻等來了天郵使飛毛腿。

飛毛腿捎來口信：「二位老師都有事，來不了啦！」

「這不是拆我的臺嗎？」楊戩咬牙切齒地暴跳起來，「看我扣他們的獎金！」

種豆得瓜

救場如救火。楊戩趕緊去找鄰居李天王幫忙。

敲開李府的門，楊戩作揖請求：「哥兒們，幫我上一節音樂課吧！」

「音樂課？」李天王一驚，「那不行，我五音不全，心裡沒譜……」

「你沒譜，我有譜呀！這忙你一定得幫。」

「那……好吧，但上課不能白上呀！」

「那是當然。」

於是邊走邊講條件，條件談妥時，也到了教室門口。李天王便來上課。

正正衣冠，咳嗽兩聲，大聲說：

「同學們好！」

「老師好！」

小能心裡直嘀咕：「這不是托塔天王李靖嗎？」

李老師問：「你們都沒學過五線譜是不是？」

「沒學過。」同學們齊聲回答。

李天王笑了，心裡說：「沒學過就好辦了……」

他指著黑板上的「五線譜」三個字和五根橫線，開始胡說八道：

「五線譜是五線譜，有五條線……五線譜不是五色土，五色土有紅、黃、藍、白、綠，五種顏色，當初女媧娘娘就是用五色土煉石補天的……」

見他說得滔滔不絕，唾沫橫飛，楊戩滿意地笑了：「真是說的比唱的還好聽。」

同學們卻面面相覷。

「那麼，」楊戩狡黠地自語，「美術課就由我自己來上吧！」

搖身一變，化作吳道子的模樣，昂昂然進了「美術班」。

「同學們好。」

「吳老師好！」

假吳道子比手劃腳，剛要信口胡扯，卻見另一個吳道子走進教室。

「哈，兩個吳老師！」同學們驚呼，「好玩，好玩！」

假吳道子驚得目瞪口呆：「吳、吳先生，您不是說有、有事？」

「你是何方妖魔，竟敢假扮我的模樣，看招！」

就見吳道子先生揮動如椽大筆，朝假吳道子迎面撲來。

楊戩慌忙顯出原形。

「別、別誤會，我是給他們鬧著玩的。」一邊說，一邊將講臺讓出來，「吳老師快上課吧！」

楊戩灰頭土臉走出教室。

一個同學站起來問：「吳老師，第一課是不是教我們畫雞蛋？」

「我……這……」吳道子先生結結巴巴。

原來這個吳老師也是假的，哈！他是小聖變的！

小聖恢復原形，得意地坐到講臺上：「他想騙我們，反而被我騙了！」

同學們紛紛稱讚：

「要不是你騙了二郎神，我們就被他騙了！」

「小聖真有本事。」

一堂課下來，同學們什麼也沒學到，家長們得知此事，都挺生氣的。

悟空領著小聖，八戒帶著小能，別的家長拉著自己的孩子，氣衝衝來到楊府：

「楊戩，你出來！」

「二郎神，你誤人子弟……」

眾家長圍著楊戩氣憤地質問、指責。

楊戩被弄得焦頭爛額。

「各位家長，請息怒，我楊戩明天一定請到吳道子、魔禮海……」

「你敢保證嗎？」

「對，要是請不到怎麼辦？」

「請不到……」楊戩滿頭大汗，「請不到，我便變成我家那條狗！」

* * *

正宗的吳老師總算來上課了，但見他拿著一個花瓶傲慢地走進教室。

「今天先測試一下同學們的實力，畫花瓶，看誰畫得好。」吳老師指著講臺上的花瓶說。

同學們拿出毛筆，蘸上墨，「唰唰唰——」畫起花瓶來，只見有的畫得像葫蘆，有的畫得像南瓜……

吳道子卻悄悄走出教室。

「咦，他去哪裡？」小聖感到奇怪，連忙起身跟蹤。

只見吳道子匆匆趕到兜率宮，跟太上老君下起象棋來了。

小聖想道：「下棋比畫畫有趣，我可以在這兒學幾招。」

他使起「障眼法」，悄悄拿掉吳道子的「將」。

「你沒將軍呀！怎麼我的將不見了？」吳道子低頭往桌下找。

趁這機會，小聖變成一枚棋子，飛到棋盤上。

老君指著棋盤說：「道子兄，你的將不是在這裡嗎？」

「咦？——」吳道子摸頭直發愣。

「馬二進三。」

「炮四平六。」

一盤棋，總是將、帥留到最後，小聖因此獲益匪淺。

＊＊＊

再說魔禮海在音樂班教琵琶。

也不知是魔老師的琵琶彈得太好聽了，使人飄飄忽忽，如癡如醉；還是小能受了老爸的遺傳，總愛打盹。總之，只要魔老師的琵琶聲一響，小能便打起呵欠，老要打瞌睡。

此刻，小能抱著琵琶，早已睡得香香甜甜、一塌糊塗了。

「嘶啦！嘶啦！」

什麼聲音在響？這麼難聽。原來是隔壁魯班又在拉大鋸，做木工了。

「真刺耳！」

「討厭！」

魔老師和同學們皺起眉頭，覺得難以忍受。

「嘻嘻，好聽！」唯獨小能感興趣。比鬧鐘還靈，隔壁鋸聲一響，小能準會醒來。

下課後，小能便飛也似地跑去看仙匠魯班做飛雞。

他賣力地幫魯班師傅鋸木料。

「好孩子，謝謝你！」魯班讚賞地豎起拇指誇小能。

一拉一送，不一會兒，小能便把學琵琶的事忘在九霄雲外了。

後來，小能自己動手，做了一隻木頭飛雞，跑到遠處大草坪上放飛。

八戒得知後，追了過來，怒氣衝衝地說：「剛才魔老師對我說，你老是蹺課，這是怎麼回事？」小能沒有正面回答，他指著天上對八戒說：「爸爸你看，這是我做的飛雞！」

望著天上飛來飛去的木頭飛雞，八戒真是又氣又惱，又驚又喜。

「快看！」小聖也駕雲而至，「這是我參加象棋大賽得的獎牌！」

金色獎牌，閃閃發光。

八戒搖著頭笑道：「嗨，有什麼辦法？這就叫——種豆得瓜呀！」

財神請客

小聖和小能在門前玩耍，忽見送信的飛毛腿又駕雲而來。

飛毛腿向小哥倆遞來請柬：「財神爺過生日，請你們赴宴。」

二郎神楊戩也接到請柬。

「哦？」楊戩看著請柬，口水直流，「財神爺請客，肯定豐盛無比……」

他一手拖一個，帶著楊不輸和楊不敗，氣壯山河地說：「咱們全家出動，不吃白不吃！」

騎毛驢的、駕仙鶴的、坐蓮花的……眾位仙人紛紛趕來。

財神財大氣粗地站在門口熱情迎賓：「多謝光臨，快請入席！」

「請來這邊。」就見一位仙女領著眾仙，熱熱鬧鬧各自就座。

八戒帶著小聖、小能，也興致勃勃地趕到。

財神舉手下令：「上第一道菜！」

仙女端菜來，盤子裡擺著圓子和筍塊。楊戩伸長頸子看：「是肉圓子吧？」

「還有毛筍。」八戒也口水直流。

只見二郎神楊戩迫不及待地夾起圓子扔進嘴裡。

「唔？」他有些失望，「是菜圓子。」

財神笑咪咪地宣布：「這叫『財源茂盛』（菜圓毛筍）！」

楊戩豎起拇指，對同桌的八戒、李天王說：「雖然味道不怎麼樣，但這菜名很吉利呀！」

「嗯唔哈咦……」八戒管不了這麼多，他吃得挺香的，嘴裡都是「財源茂盛」，說話也含混不清。

第二道菜是什麼？

仙女款款走來，大碗裡放著一疊對折著的百頁。

八戒告訴小聖和小能：「這是百頁，有的地方叫千張，是一種豆製品。」

「又是素菜？」楊戩卻不滿了。

小聖挺感興趣的，他掀起百頁笑了：「嘻，像個本子。」

這話被財神聽見了，他馬上笑著宣布：「對，所以就叫『一本萬利』（一本碗裡）！」

「都是好聽不好吃的菜！」楊戩抗議道。

可是恭敬不如從命，既來之，則吃之，神仙們便不管鹹呀、淡呀，好呀、歹呀，「嘁嘁嚓嚓」咀嚼起來。

財神又開口了：「我再宣布一條，誰吃東西吃出聲音，要罰款。」

「我反對！」

「不准亂罰款。」

「你不是財神，是財迷！」大家都很生氣。

財神卻不慌不忙，從容解釋：

「『罰』和『發』同音。罰得少是小發，罰得多是大發。」

「好，」八戒大呑大嚼，「我吃東西聲音最響，我肯定『發』得最厲害！」

他將一捧銀錠乖乖交給財神。

楊戩吃得秀氣又賣力，「秀氣」是為了不出聲音少罰款，「賣力」就是埋頭大吃特吃，說什麼也不吃虧。這就弄得挺難受的，他站起來，對兩個兒子說：「好沒意思，咱們走吧！」

牽著兒子走出門外，就聽見背後傳來聲音：「最後要搖獎，走掉的沒份！」

楊戩愣住了，只好再回去。

「楊伯伯，你們一家子上哪兒去了？」小聖笑著問。

「方便、方便去了……」楊戩尷尬地回到原桌。

最後，財神宣布搖獎活動開始。

「把我的搖錢樹抬來！」

兩個健壯的力士「哼唷嗨喲」抬來一個大花盆，盆裡栽著搖錢樹，樹枝上掛滿金錢，風兒一吹，滿樹金錢「叮噹」作響……

財神說：「誰接到搖下的金錢，誰就中獎。我們請一位嘉賓來搖樹。」

「我來！」楊戩自告奮勇，衝上前去。

搖啊搖，一枚金錢飛離了樹枝。

楊戩迅速放開樹，貪婪地仰視，雙手高舉過頭，準備要承接。

那錢在眾仙頭頂飛呀飛，轉呀轉……

各路神仙迎面朝天，像等待公主拋出的繡球似的，祈盼好運降臨。

小能卻還在一心一意埋頭吃著。

「咦？什麼東西鑽到我耳朵裡了？」

他摳著自己的大耳朵，竟摳出了那枚金錢。

「哈，」財神跑過來，對小能說：「恭喜恭喜，你中獎啦！」

「果然發到我家了！」八戒抱起小能，使勁地親了一口。

財神從搖錢樹上剪下一根樹枝，雙手遞給小能，愉快地說：「小能，恭喜你獲得一根樹枝……」

小能接過，八戒卻不滿意了：「搖獎，搖獎，沒想到獎品是一根破樹枝，這有什麼用？」

「小看它是不是？」財神說，「回去栽種好，它會長成一棵搖錢樹！」

「真的？」

「豈能有假。」

楊戩站在一旁忌妒得要命：「白花了搖樹的力氣。」

「別急，」財神對楊戩說，「還有一次機會，再搖吧！」

「搖呀搖，但願這次運氣好……」楊戩一邊心裡叨念，一邊更使勁地搖樹，搖得滿頭大汗。

又一枚金錢飛旋而出。

眼巴巴仰望著飛轉的金錢，二郎神楊戩暗想：「看來，不使點手段不行了。」

連忙使個分身術……

隱形的真身從假身中脫出，假身還站在搖錢樹下，真身卻飛向空中捕捉金錢……

抓到金錢，扔給楊不輸。

不輸見金錢徑向自己飛來，連忙伸手接住，「哈，我中獎啦！」

楊戩大喜。只見財神又從搖錢樹上折下一根樹枝，遞給楊不輸。

「好，這是你的獎品。」

搖錢樹

楊家父子帶著獎品回到家裡。正是春暖花開、萬物復甦的大好季節，二郎神楊戩對未來充滿了美好的「願望」。

「哼，」他得意地想，「有了搖錢樹，不愁沒錢花。」急忙招呼兩個兒子一起栽種。

先掘土、挖坑，把樹枝插進去；再填土、踩壓，把樹枝扶正。不輸、不敗抬來一桶水。

楊戩指著樹枝，教導兒子們：「要想多長錢，就得多澆水；只有多澆水，才能多長錢……」

另一邊，小能和小聖也在一起種樹。

挖坑、插枝、培土……小哥倆忙得不亦樂乎。

小能憋不住，還幫他的樹施「人造肥」。

小聖笑起來：「真是一舉兩得。」

對自己親手種植的樹，小聖和小能當然很關心，他們一天跑過去看好幾次，看它吐芽沒有？長葉沒有？是不是變高了？

可是，好多天過去了，那樹卻一點動靜也沒有。

這一天，他們又呆呆地蹲在樹旁。小聖說：

「北斗星君精通花木，咱們去請教他。」

「好。」

連忙駕雲前往星君府。到了府前，卻見北斗星君邁出門檻。

「他要出門了。」

「咱們來得正巧。」

他倆降下雲頭。小聖跟北斗星君打招呼：「星君爺爺，您上哪？」

「我們有事找您……」小能說。

「我要去給我的ＯＫ樹催花，咱們邊走邊談吧！」

「ＯＫ樹？」小聖、小能第一次聽說這種樹。

原來，北斗星君家的奇花異木多得是，什麼會說話的花呀、天梯草呀、ＯＫ樹呀……，反正天上有的他都有，世間無的他也有，真可謂應有盡有。

來到一棵大樹下。小能好奇地問：「您什麼工具都沒帶，怎麼工作？」

「哈，」北斗星君說，「這叫『智力栽培』，不用工具。」

「怎樣智力栽培？」

「樹也有智力嗎？」

小哥倆越發奇怪了。

「因為它是外國品種，要對它說外國話才行。」北斗星君對那棵樹說道：「——哈囉！」

話音剛落，樹上開出一朵美麗的花朵！

「瞧，這就叫智力栽培。」

「哦呀，太神奇了！」小聖跳起來。

「我也來試試。」小能大叫，「——哈囉！哈囉！」

果然又開出兩朵花！小哥倆樂得直拍手。

小聖問：「要叫它結果，怎麼辦？」

星君說：「那好辦，只要對它說——OK！」

這回小聖搶前爭先，對著那棵樹大聲叫道：「OK！OK！」

樹上三朵花，其中兩朵花果然立即結出了O型果子。

「OK果一定很好吃！」小聖一溜煙爬上樹，摘下一枚果子，扔進嘴裡。

「呸！好酸！」小聖咧著嘴，一口吐掉。

「還沒到時候，當然不好吃。」北斗星君說。

小哥倆接著便向北斗星君請教種搖錢樹的方法。

北斗星君指導他們：「這搖錢樹嘛，不用澆水、施肥，也要用智力栽培，需如此如此……」

「原來是這樣。」

小聖和小能掌握了要點，決定立刻返回。他倆登上雲頭，北斗星君在下面叮囑：「記住，栽下的樹不要隨便拔起來。」

小能回答：「知道了。」

回來後，按照北斗星君說的，每天先把乘法表背二十遍。小能對著樹，已經在背第五遍了，他越背越糊塗：

「八九七十三，九九八十二……」

小聖不耐煩了：「還是我來背吧！八九七十二，九九八十一，一一得一……」

過了幾天，光禿的樹枝上長出了幾片樹葉。小聖、小能高興極了。

「智力栽培果真見效。」

「咱們繼續。」

接下來每天要背誦二十首詩歌。論背詩，小聖最拿手。他背起來：

離離原上草，一歲一枯榮。

野火燒不盡……燒不盡……

小聖抓耳撓腮，背不下去了。

「春風吹又生！」小能得意地提醒他。

「小能，有兩下子！」

「哈，這叫做瞎貓碰上死老鼠！」

又過了幾天，搖錢樹開花了。花兒開得真豔麗，一朵朵花外圓內方像銅錢，

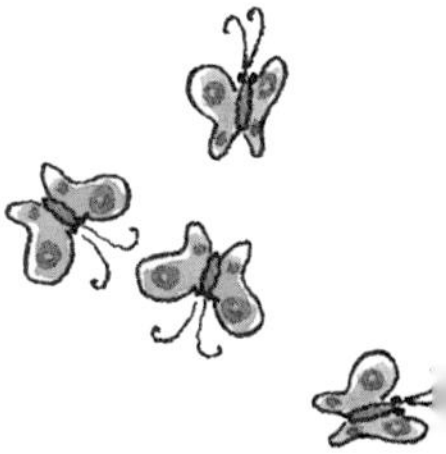

幾乎沒有人不喜歡。望著滿樹繁花，小能說：「不知道楊不輸他們的樹怎樣了？」

「我去看看。」小聖說。

說完變成一隻喜鵲，飛到楊戩家。遠遠看見楊家父子對著光禿的枝椏發愣、發愁。

小聖飛回來，得意地對小能說：「哈，他們別想比得過我們！」

「我想，我們應該幫幫他們。」忠厚的小能建議。

「嗯？」小聖一開始不願意，但還是聽從了，「好吧！」

* * *

楊戩自從栽下搖錢樹，就開始大做發財夢。沒想到小樹卻一副要死不活的樣子，眼看好夢快成空了，他心裡真是萬分焦急呀！這一天，忽然心血來潮，靈機一動：「對，去看看小能那棵樹怎樣了？」

他變成一隻烏鴉飛過去。

看到小能的搖錢樹，要葉有葉，要花有花，楊戩變成的烏鴉無端大怒，「呀呀呀！氣死我了！」

猛然發現小聖、小能不在家，楊戩不由得喜上眉梢。他恢復原形，跳下地，一把將小能的搖錢樹連根拔起……

再變成烏鴉，用嘴銜著樹飛回來。

「好的歸我，壞的給他，這叫做掉包之計，哈哈。」

在院子裡，楊戩將開花的樹放在旁邊，運一運氣，又拔出了自己家的那棵，楊不輸、楊不敗送走小聖和小能，返身進門正好撞見——

「您怎麼能這樣？小聖、小能剛來向我們傳授種樹經驗……」

「爸爸真缺德！」

兒子訓爸爸，爸爸好狼狽。

小聖和小能回家發現樹不見了，急忙跑來，果然是楊戩幹的。

小能跺腳說：「這樹一拔就會死！」

小聖指責道：「你這是損人不利己，何苦呢？」

不輸、不敗著急了：「這可怎麼辦？還有救嗎？」

小聖說：「要救樹，只能再去請教北斗星君。」

不輸指著兩棵樹，賭氣地說：「爸爸，您闖的禍，您去跑一趟。」

二郎神楊戩無精打采地駕起雲頭，向北斗星君府飛去……

聰明反被聰明誤，活該。

天上最忙的人

天郵使飛毛腿可說是天上最忙的人，每天總有跑不完的路，送不完的信。

這回，他又背著塞滿信件的郵袋匆匆飛來，腿上的飛毛「啪嘰」直響。

遠遠看見小聖和小能，飛毛腿抽出一封信大聲招呼：「小聖，小能，你們的信！」

小聖接過信，對小能說：「是東海小白龍寄來的。」

「小白龍肯定是想我們了。」小能說。

原來，小白龍的妹妹龍女近來想出新花樣，她纏著哥哥，嬌滴滴地說：「哥

哥，我要月宮的桂樹葉子做書籤！」

小白龍拿條海帶應付妹妹：「別鬧，海帶也能做書籤。」

龍女扔掉海帶，繼續糾纏：「月宮的桂樹葉子最香嘛，哥哥幫幫忙呀！」

小白龍抓耳搔頭，抬頭望天，想道：「小聖和小能是我的好朋友，只好請他們出面了。」於是，給小聖和小能寄來了這封信。

小能說：「既然小白龍信得過我們，這忙我們一定得幫。」

「可是，」小聖說，「要月宮桂樹，得找嫦娥仙姑。」

「那就找吧！」

「走。」他倆馬上駕雲向月宮飛升。

廣寒宮裡，嫦娥仙姑抱玉兔，舒長袖，冷冷清清，淒淒慘慘戚戚。忽見小聖、小能到來，她非常高興：「小聖、小能，來，陪姑姑說說話。」

小能說：「好呀！」

小聖說：「不能白陪，你得送我們桂樹葉子。」

「這……」嫦娥仙姑有點為難，「桂樹歸吳剛管，不知這個倔漢子肯不肯給你們葉子。」

「吳剛在哪裡？」

「你們聽……」

果然聽見遠處傳來伐木聲：「咚！咚！咚！」

「那我們去找吳剛。」小聖說。

「我等會兒再陪你聊天。」小能招手。

離桂樹越近，香味越濃。小能吸著鼻子叫起來：「好香呢！」

「怪不得龍女想要桂樹葉子！」

「不好，」小聖驚叫，「有人在砍樹。」

但見一名壯漢拿著長柄大斧，向桂樹砍去。

「保護古樹名木，人人有責。」小聖說。

「吳剛怎麼不管？」小能奇怪道。

「我便是吳剛。」那壯漢放下大斧，拍著胸脯自我介紹。

「你……你怎麼知法犯法？」小聖質問。

「我是專管砍樹的。」他又砍起樹來，砍得木屑飛濺。天哪！那桂樹已被砍出一個很大的缺口了。

小能嘆惜道：「這麼好的樹，砍了多可惜。」

「什麼可惜，你們等著瞧吧！」吳剛邊砍邊說。

砍得差不多了，吳剛抬起右腿，一腳朝大樹蹬去。小聖、小能趕緊跳到一

邊。「轟」的一聲，大樹倒下了。幸好，樹的外側還有一點點連著。

奇怪的是，剛倒下的大樹，「呀呀呀呀——」竟又自立起來了。

「又長好了！」

「一點縫也沒有。」

他們撫摸著桂樹，驚歎它完好如初。

小聖不理解，問吳剛：「怎麼回事，你這不是白忙一場嗎？」

吳剛歎了一口氣：「唉，說來話長……」

原來，許多年前，天上要開群仙大會。玉帝指派楊戩工作，遞給他一本厚簿子，說：「楊戩，你先做個統計，到時候好點名。」

「好吧！」楊戩拿著簿子，一家家登記。各路神仙真不少，光是名神大仙就寫

了好幾頁，統計到名不見經傳的吳剛時，楊戩已經很不耐煩了。

「你叫什麼，快說！」楊戩駕著雲，問吳剛，匆匆要往簿子上記。

「我叫吳剛。」

「知道了。」

吳剛回答時，楊戩的雲頭已趕到前面去了。他邊走邊記，大筆在簿子一揮，寫上：胡剛。

開大會了，玉帝高踞寶座，拿著楊戩造的神仙名冊，親自點名：

「鐵拐李。」

「到。」鐵拐李拄著拐杖走出來。

「飛毛腿。」

「到。」飛毛腿匆匆趕來，幾根飛毛「啪嘰」直響。

「胡剛。」

眾仙面面相覷：「胡剛是誰呀？」那吳剛正在發愣，鄰居嫦娥努努嘴，意思是：點到你啦！

「我？」吳剛昂起頭，大聲糾正：「錯了，我叫吳剛。」

「嗯？」玉帝有些不高興，「是誰錯了？」

旁邊的楊戩著急起來，怕怪到自己頭上，連忙悄悄「開導」吳剛：「你可千萬不能說玉帝錯了，你說自己把名字取錯就好了。名字嘛，不就是個符號……」

「俗話說，行不改名，坐不改姓。」吳剛豪氣沖天，「我的名字沒取錯，是陛下念錯了！」

勸不動吳剛，二郎神楊戩便去找玉帝。他對玉帝耳語：「這傢伙是故意損害您的威信，要好好修理他……」

「唔。」玉帝點點頭。

就這樣，性格耿直的吳剛，便被罰去砍那棵永遠也砍不倒的月宮桂樹了。

巧助吳剛

「楊戩太可惡了！」

「得想個法子幫幫吳剛大叔。」

小聖和小能商量著。

忽見飛毛腿又從空中跑來：

「蟠桃熟了，玉帝叫我通知大家快去領桃子。」

「唉，」吳剛歎氣說：「我得不停地砍樹，沒那口福了！」

「大叔別愁，我替你去領桃子。」小能說。

「那可不行，」飛毛腿提醒：「按點名簿發桃，是不能代領的。」

「點名簿？」小聖靈機一動，「有辦法了！」

小聖和小能跨上雲端。小聖回頭告訴吳剛：「我們很快就回來，包您吃到桃子，還不用再砍樹了。」

來到瑤池，就見玉帝委派二郎神楊戩發桃子，所有的蟠桃都已經裝進一個個籃子，一人一份。

楊戩拿著點名簿，神氣活現地開始向群仙訓話：「別吵，誰不聽話我就不給他桃子。」

神仙們安靜下來，楊戩開始點名。

「鐵拐李。」

「到。」

鐵拐李一拐一拐走上來，從楊戩手裡接過蟠桃。

「下一個，赤腳大仙！」

「來了。」

赤腳大仙光著腳丫子，提起一籃桃子。

楊戩又提起一籃桃子，嚷道：「下一個，胡剛！」

無人應聲。

小能要衝上前去，卻被小聖拉住了。

「沒人領，就先放在一邊吧！」楊戩自說自話地將桃子放到身後，然後得意地暗想：「嘻，這就是我的啦！」

「你去……」小聖在小能耳邊悄語。

「好的！」

小能走到楊戩身後，提起桃子就走：「這桃子沒人領，我帶回苗家莊給奶媽吃。」

「你……」楊戩先是一愣，接著丟開點名簿，追趕小能，「放下，這便宜還輪不到你撿呢！」

這下，機會來了。

小聖使出隱身法，隱去身形，走過去，翻開地上的點名簿，用以前太白金星送的金星神筆，替二郎神改個名——楊戩便改成了楊尖。

這時眾仙等不及，喧鬧起來：

「二郎神去哪裡啦！」

「怎麼跟小孩子一般見識，不像話！」

「沒人發桃子啦！」

喧鬧聲驚動了玉帝。

玉帝嘟嘟嚷嚷走過來，發現楊戩不見了。他恨鐵不成鋼的說：「哼！這傢伙竟擅離職守！」

打開點名簿，只好親自發桃了。

「何仙姑。」

「到。」

何仙姑一副村姑打扮，提起一籃桃。

「觀世音。」

「在。」

觀世音菩薩手持楊柳淨瓶，嫋嫋婷婷走過來。

「楊尖！」玉帝皺皺眉，「咦？誰是楊尖？」

「陛下，我來了！」

楊戩好不容易從小能手裡奪回那籃桃子，邊跑邊應，氣喘吁吁。

「你怎麼叫楊尖？」

「我是叫楊戩呀！舅舅，難道您連我的名字都記不住了嗎？」

「放肆！」玉帝喝罵，「這是尖頭尖腦的尖。」

楊戩一頭霧水，湊過去看點名簿，果然寫的是「楊尖」。

「這……會不會寫錯了？」

小聖揶揄說：「你自己的名字都會寫錯，寫別人的名字豈不是更馬虎？」

小能也跑回來揭發：「吳剛被你寫成『胡剛』，害得陛下出洋相！」

「哦？」玉帝大怒，「原來錯在你身上！」

「我……我疏忽了。」楊戩惶恐說。

「小聖、小能，」玉帝朗聲說，「你們速傳我的聖旨，吳剛不用再砍樹了……」

「是。」小聖和小能行禮領旨。

除了吳剛該得的蟠桃，玉帝還扣下楊戩的那份，賠償吳剛的精神損失。

提上兩籃桃子，小聖、小能駕雲而去。

楊戩氣得乾瞪眼。

日月青春霜

話說這一天，八戒父子和群仙一道趕往瑤池，共赴王母壽筵。王母娘娘度過了一萬九千九百九十九個春秋，今天正是兩萬歲生日。年年送禮，歲歲翻新，各路神仙大傷腦筋。

起先，八戒不想去，說：「沒有好禮物，很難看到王母的好臉色……」

可是小哥倆不答應了，偏要去。

小能說：「待在家裡多悶呀！」

小聖說：「禮物嘛，包在我們身上。」

「哦？」八戒驚喜，「你們有什麼好點子。」

「暫時保密。」

✻✻✻

群仙畢至，少長咸集，瑤池慶典，熱鬧無比。

鐵拐李搶先獻禮。就見他一手拄拐杖，一手放在背後賣關子：「娘娘，我的禮物對您最實用。」

「真的嗎？」王母高興地等待著。

「瞧，是我精心雕刻的……」放在背後的手伸出來，原來又是一根拐杖。

「哼，」王母不悅地說，「你以為我已經走不動了嗎？」

鐵拐李難為情地拄著「雙拐」，惶恐退下。

二郎神楊戩獻上一瓶染髮膏，他吹噓道：「染髮膏，染髮膏，染髮效果就是好，白髮變黑，黑髮變俏。」

沒想到，王母連連搖手：「染頭髮？太麻煩了。」

仙匠魯班端來一個木盆，小木盆裡盛著一團稀泥。王母不解地問：「這是什麼？是蘋果醬，還是蒜泥？」

「這叫人體混凝土。」

「人體混凝土？幹什麼用的？」

「我來示範一下……」

魯班拿出抹刀，將稀泥塗抹在王母布滿峽谷般皺紋的額頭上：「這是新材料，能把皺紋抹平……」

「饒了我吧！救命哪——」弄得王母哇哇大叫。

小聖和小能連忙站到王母跟前。

「王母娘娘，我們給您唱支歌吧！」

「好，我就愛聽小孩唱歌。」

他倆邊唱邊做動作：

今天天氣好，
花兒都開了，
楊柳樹呀對著我們彎彎腰……

「哈哈，」王母高興地稱讚，「唱得好！」

「好小子，原來是這等禮物……」悟空、八戒相視而笑。

王母娘娘這一笑，年輕十歲了。接著，王母又不高興了——因為，對已經

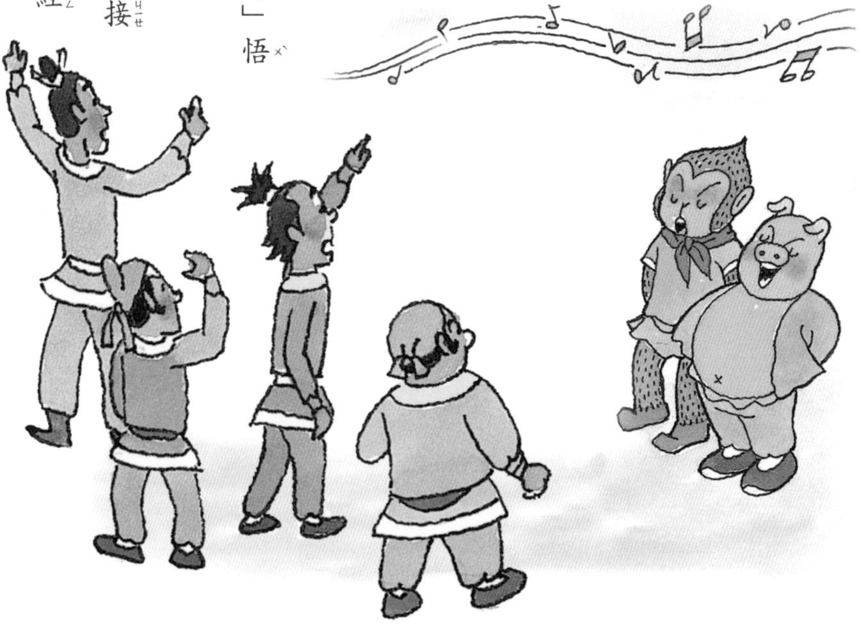

兩萬歲的她來說，年輕十歲實在太少了！

這時，南極仙翁駕雲而來，他拿出一個小瓶，對王母說：「我這『日月青春霜』，讓您立刻變模樣。」

「有這麼神奇？」

「那當然。抹一點，老年變中年……」南極仙翁往王母臉上抹霜。

「哈，真的變了！」楊戩在一旁驚歎。

「抹兩點，中年變青年……」

已變成青年的王母娘娘青春煥發，禁不住翩翩起舞，眾仙都為她賀喜，小聖和小能也歡呼雀躍：

「王母娘娘好美哦！」

「真好看！」

南極仙翁將日月青春霜遞給王母，告訴她：「晚上還會回到老年，但明天可以再抹，再變。」

「挺方便的，謝謝！」王母跟仙翁主動握手。

這二郎神楊戩卻動起了歪心思，他暗想：「要是我也能造出日月青春霜，那就發大財啦！」

宴席開始時，楊戩湊到南極仙翁旁邊坐下，別有用心地問：「你的日月青春霜配料一定很絕妙，是哪幾種？」

「這可是祕密。」南極仙翁自以為高明地誇口，「我的仙方藏在我的枕頭底下，誰也找不到！」

兩人的交談被小聖聽見，小聖就對小能說：「楊戩又要耍花樣，咱們得盯住他。」

席散之後，眾仙向王母告別。小聖、小能唯獨找不到楊戩，他們追出門，可是茫茫雲天，到哪裡去找他的蹤影？

小能擔心地說：「他要是變了隱身法，我們就看不見他了……」

小聖突然一指：「你看，哮天犬……」遠處，哮天犬駕著一朵小雲，跟在一塊無人駕乘的大雲後面急急前行。小聖說：「哮天犬能看見他，我們只要跟著哮天犬，就不怕找不到楊戩。」

於是，小聖變成蝴蝶，小能變成蜜蜂。哥兒倆跟著哮天犬，一起往前飛。

隱去身形的楊戩果然站在大雲上，正得意洋洋。

再說南極仙翁回到家，仙童迎候著：「主人回來啦！」

「唔，回來了。」仙翁說，「日月青春霜博得王母高興，我也挺高興的。」

「您那張仙方可得當心，別讓人偷去。」仙童提醒說。

「放心，有警報裝置，一動我就會發覺。」仙翁很有自信。

誰知道，使了隱身法的二郎神楊戩此時已來到仙翁身邊。

「哼，」楊戩冷笑，「防得了別人，防得了神通廣大的二郎神？」

變成蝴蝶的小聖和變成蜜蜂的小能，跟哮天犬一路來到仙翁門前，哮天犬停下，蝴蝶和蜜蜂卻徑直飛進，飛呀飛，找呀找，來到仙翁的臥房裡，就見楊戩已恢復原形，正用他額上的神眼射出光束，透視床上的枕頭。

仙方果然藏在枕頭底下。

楊戩掏出他的萬能複印手帕，鋪在枕頭上，用手一指，念起萬能複印口訣：

一二三，三二一，
複印不用影印機！

潔白的手帕上已是字跡斑斑：「日月青春霜配方：青豆、香椿、珍珠粉……」

「哈，祕密到手啦！」楊戩大喜。

小聖正要喊出聲，楊戩早以迅雷不及掩耳之勢，抽身逃走。

「追！」小聖、小能緊隨而出。追了半天，沒追上。

小能說：「咱們再想法子把楊戩的手帕偷走，讓他空歡喜一場。」

「不，」小聖調皮地笑道：「我有好主意，把那配方改一改，讓他辛辛苦苦得個教訓。」

蓬萊蜂仙

他們找到楊不輸和楊不敗，先將事情的經過一講，再說出定下的計謀。

小聖道：「又要你們裡應外合了。」

不輸挺哥兒們：「放心，我們向來胳膊往外彎。」

趁爸爸在躺椅上呼呼大睡，不輸、不敗悄悄走近。果然看見爸爸衣服裡露出手帕一角……

不敗走上前，拉住手帕，輕輕往外拽，一下子就得手了。

小哥倆將萬能複印手帕交給小聖。

「太好啦！」小聖叫起來。

連忙拿出太白金星給的金星神筆，在手帕上改字。嘻嘻，配料中的「珍珠粉」，經過那麼一改，變成了「胡椒粉」。

小聖說：「得再把手帕送回去。」

不敗接過手帕，又轉給不輸，笑著說：「這回瞧你的了。」

送手帕似乎比偷手帕更富挑戰性，不輸愉快地接受了任務：「好的。」

誰知道楊戩睡得很熟。楊不輸沒費什麼勁，便成功地將手帕塞進了爸爸的衣服內。

楊戩醒來後，先去把太上老君熬藥的大鼎借來，然後按著配方，找來各種配料。配料挺多的，光是青豆，就裝滿鼓鼓的一個大口袋。

湯水鼎沸時，青豆倒進去，「嘩——」，滿屋子頓時水霧瀰漫。

然後扔進香椿，再來是各種稀奇古怪的東西：經霜的茄子、綠毛的龜、成雙作對的蚊子、草本灰……

端起大筐倒胡椒粉時，他有些懷疑，對照手帕猶豫著：「寫錯了吧？好像是珍珠粉？」

「不會錯。」

「錯不了！」

不輸和不敗搶著幫忙，將大筐裡的胡椒粉猛地倒進鼎內。

楊戩一邊在鼎下燒火，一邊吆喝：「拿我的三尖兩刃刀來！」

「是。」小哥倆迅速抬來大刀。

楊戩手持三尖兩刃刀，簡直就像搗漿糊一樣，來回攪動鼎內糊狀物。

好不容易忙完這一切。

「唔，」楊戩接著讀配方，「還要吸取日月精華……」

於是，白天曬太陽。

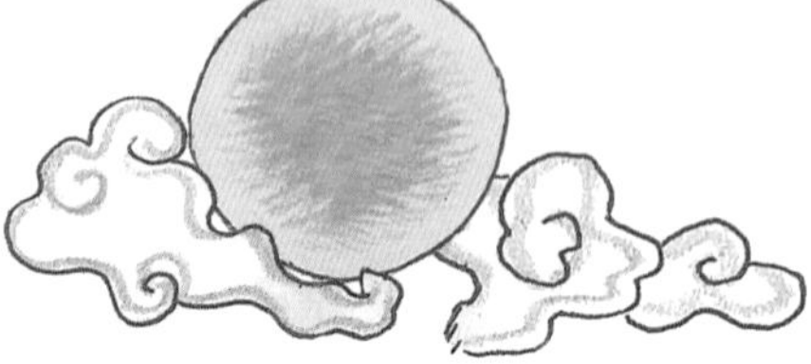

楊戩用上童工，叫不輸、不敗抬著大鼎駕雲升空，自己在下面比手畫腳：「靠太陽近一些，再近一些！」

晚上照月亮。

繼續使用童工。不輸、不敗抬著大鼎靠近月亮，突然一朵雲飄過來。

不輸叫道：「爸爸，月亮被雲遮住了！」

楊戩忙用三尖兩刃刀撥雲，剛撥開一朵，又飄來一堆，撥啊撥啊，他都累出汗了。

小哥倆抬著巨鼎，手兒發抖。楊不敗最先叫起來：「爸爸，我們受不了啦！」

「今晚月兒圓，機會難得，多吸點……」楊戩貪心不足。

「爸爸，不好……」

楊不輸話未說完，巨鼎已然脫手，直線向下墜落。

「這下我可虧老本啦！」楊戩急得大叫。

「轟隆」一聲，裝滿日月青春霜的巨鼎掉進東海，濺起萬丈高的水花。

聽到響聲，小聖、小能飛過來。

小聖嘻皮笑臉地問楊家兄弟：「怎麼回事？青春霜熬好了嗎？」

「全都『付諸汪洋』了。」

「哦？咱們去看看！」小聖拉著小能，不輸牽著不敗，一起駕雲下行。

不輸對不敗說：「小聖把珍珠粉改成胡椒粉，會不會汙染海水？」

「不知道，也許會……」

小哥倆的議論，被尾隨而來的爸爸聽個正著，二郎神頓時怒火中燒：「這兩個小搗蛋鬼！」

小聖和小能來到東海邊，看見水族們在海中昏頭昏腦，衝衝撞撞，心情十分沉重。

小能說：「蝦兵蟹將在自相殘殺呢！」

小聖說：「身上一股胡椒味，肯定跟胡椒粉有關。」

「這可怎麼辦？」

「東海龍王會發脾氣的。」

解鈴還須繫鈴人，小聖拉著小能就要走：「咱們快去尋找解藥，清除汙染。」

「哈，」楊戩突然跳下來，攔住他倆，嚇唬說：「你們想暗算我，沒想到犯下滔天大罪！」

小聖、小能灰頭土臉駕起雲頭，楊戩威脅說：「找到解藥，馬上交給我，不然我就向玉帝告發你們！」

找到太上老君，老君耐心指點：「只有蓬萊蜂仙的驅毒蜜能幫你們。」

匆匆又趕往蓬萊仙島。

他們沒心思欣賞福地勝境，徑直找到蓬萊蜂仙。

蜂仙答應幫忙，卻話鋒一轉：「不過，這種蜜很少，不能給你們；送你們一盆驅毒花吧，你們自己用它養蜂釀蜜。」

「這……」小聖抓耳撓腮。

「去吧，不然就來不及了。」

驅毒花異香撲鼻，一帶回家，果然就引來許多蜜蜂，把小聖和小能鬧了個措手不及。

釀出一罐蜜，叮了好多包！小聖、小能苦不堪言，可捧著蜜罐又倍感欣喜。

小能說：「咱們趕快去東海！」

「好吧！」

半路殺出程咬金，楊戩追上來，他要脅道：「乖乖把蜜交給我！」

一把奪過蜜罐，楊戩憧憬著：「等這汙染從東海染到南海，再到西海、北海……那時這蜜就更值錢了！」

「不好，蜜蜂追過來了！」小聖故意驚呼。

趁楊戩一回頭，小聖又將驅毒蜜奪了過來，急忙遞給小能：「快，別管我，你去東海救災！」小能抱著蜜罐急急飛走。

小聖生氣地拉著楊戩向凌霄殿飛去：「我要帶你一起去見玉帝！」當著玉帝和群仙的面，小聖講完事情的經過，理直氣壯地指責楊戩：「我們寧願受懲罰，也不讓你發這虧心財！」

二郎神楊戩心虛冒汗，無言可對：「這……」

我怕人家叫我飯桶

玉皇大帝三萬歲了，還是耳不聾，眼不花。他摸著鬍子，得意地自語：「看來，再活三萬年，我也不會老。」

「我可老嘍——」

一位小時候一起光屁股的老玩伴來看他，二人高高興興相互作揖。老友興致盎然地敘起舊來：「還記得兩萬九千九百九十五年前，我倆在大地上畫棋盤，用高山做棋子，下五子棋的事嗎？哈，你總是輸多贏少！」

「咦，」玉帝抓著頭想，「我怎麼不記得有這事了！」

趕緊從葫蘆裡倒出兩顆藥丸吞下去——這是太上老君進獻的「記憶打撈丸」，總算把以山為棋的往事「打撈」出來了。

「沒錯，沒錯！」玉帝有點激動地叫道。

老朋友走後，玉帝獨自煩惱：「我的記憶不大靈了……總不能老用打撈丸呀！」

連忙召來文筆極好的太白金星。

「趁我還不算太老，幫我把回憶寫成一本書。」

「遵旨。」

於是，玉帝一次吞下兩斤「記憶打撈丸」——就見那葫蘆裡的藥丸，炒豆般地傾倒進遼闊的大嘴裡，往事便風起雲湧的出現。玉帝指點著：「從我一生下來就會唱《瀟灑走一回》寫起……」

「好呀！」太白金星快速記錄著。

好不容易寫成上、中、下三大本《玉帝正傳》。

玉帝每天都欣喜地翻閱著，陶醉在前無古人後無來者的燦爛輝煌中。

這一日，小聖和小能結伴去金星家借書。見金星伏案揮筆，桌上的稿紙堆得老高，小聖問：「金星老伯，您又在忙什麼？」

金星訴苦道：「寫完《玉帝正傳》，玉帝說，能者多勞，要我乾脆給神仙們一人寫一部自傳！」

「您太累了。」小能同情地說，「我們能幫幫您嗎？」

「你們可以幫我搜集資料。」

「行。」小哥倆爽快地答道，於是一人得到一個線裝本子。

小聖說：「我去找楊戩。」

小能說：「我去找巨靈神。」

他倆朝金星老伯揮一揮手，然後各奔東西。

先說小聖。小聖一來到楊家，進門就聽見破口大罵：「誰叫你們看書的？『書』就是『輸』，會讓我倒楣！」

原來，楊戩又賭輸了，正拿兒子們出氣。

「好題材！」小聖拿起筆就往本子上記。

楊戩詫異地問：「你在幹什麼？」

「把你說什麼、做什麼記下來，給金星老伯寫成書。」小聖正色道。

「不不，」楊戩慌忙擺手，「要記好事，別記丟臉的事。」

「哈，老爸還知道丟臉……」小哥倆悄悄議論。

「要記好事也行，你說吧！」小聖像記者似的採訪楊戩。

楊戩就對著牆角苦思冥想，拚命回憶自己做的好事……憋了老半天，一件也沒想出來，倒把臉都憋紅了。

「唉，想得頭都昏了。」楊戩頭暈目眩地睡到躺椅上，只好向兒子們求助，「你們幫老爸想想，我睡會兒。」

「好的！」

楊不輸和楊不敗搶著向小聖提供，小聖不停地記著。可是，他倆想出來的也都是爸爸丟臉的事。

本子用完了，連最後一頁都記得密密麻麻。

不輸說：「怎麼辦？老爸的糗事才說了九牛一毛……」

「我去換本子。」小聖跑出門，「再見！」

路過巨靈神家，見巨靈神正送小能出來。

哈，小能也記了滿滿一本。

根據小聖和小能搜集的素材，太白金星很快寫出了《二郎神傳》和《巨靈神傳》；接著又寫出了《魯班傳》、《織女傳》……等一系列神仙傳記。

小聖、小能又忙著義務送書了。

「哈，」楊戩興奮地迎上前，「我的書！」

然後，迫不及待地翻看，看著看著，楊戩氣急敗壞：「怎麼搞的，我總該有點光輝事蹟的吧！」

兩個兒子在一旁偷笑。

「不知別人的書是怎樣的？」楊戩丟開書，尋思著走出門。

來到巨靈神家，楊戩問：「巨靈神，你的書上有寫優點嗎？」

巨靈神有點難為情：「優點倒沒少寫，只是把我一頓吃一百碗飯也寫上去了，我怕人家會叫我飯桶……」

仙匠魯班也有點不滿意。他指著書，對楊戩說：「有一次造個廁所馬虎了些，上梁不正下梁歪，也給我寫上去了。」

織女覺得金星太斤斤計較了。她邊織布邊向楊戩抱怨：「我的優良織品紀錄，只差一天就連續三千年了，可他就是不肯寫『三千年優良織品紀錄保持者』。」

回來路上遇見悟空。

楊戩問：「大聖，你對你的書有意見嗎？」

「唔……」悟空抓耳撓腮地說：「偷蟠桃的事最好別再提了。」

通過廣泛的接觸了解和調查研究，二郎神楊戩回到家裡，在躺椅上想入非非：「我發財的機會又來啦……」

他連忙翻身而起，迅速寫了一張廣告，然後用萬能複印手帕，複印了一大堆，找到天郵使，說：「飛毛腿，幫我發廣告。」

「好吧！」飛毛腿抱著廣告，一路飛去。像散發傳單一樣，邊飛邊扔，一時間，如雪片飄飄，滿天都是二郎神的廣告……

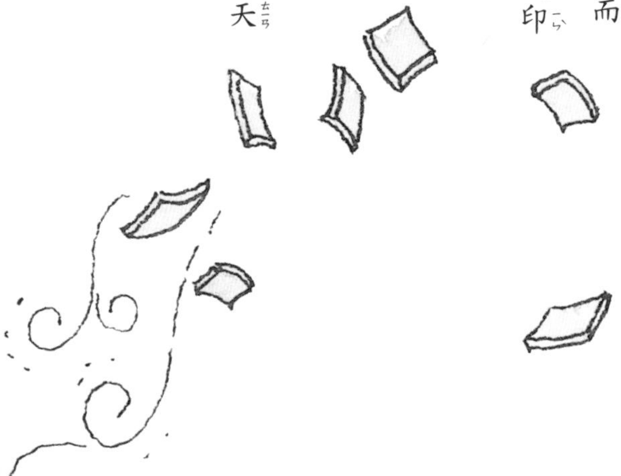

真假神仙傳

巨靈神個子高，一伸手便接到一張廣告。他興奮地讀出聲來：「您想請人寫一本使您只會自豪不會害羞的傳記嗎？……」

仙匠魯班也撿到一張：「傳記裡只有成功，沒有失敗……」

織女看廣告，心兒「怦怦」跳：「你做不到的，可以給您寫到。」

八戒特別在意這一句：「別人不可能從這裡抓到您的小辮子。」

小能從爸爸手裡拿過廣告，接著讀：「您能使我滿意，我就使您滿意，聯繫人：七重天楊先生。」

小能心想：「這不是楊戩嗎？他又搞什麼鬼？」

卻見老爸興匆匆往外走，小能連忙跟過去。

＊＊＊

楊家門前擺張桌子，楊戩正在收銀子。

誰不想為自己歌功頌德，樹碑立傳呀？就是神仙也難免俗！看了楊戩那誘人的廣告，巨靈神、魯班、織女……等一大幫仙人陸續趕來，排隊報名。

楊戩一邊收錢，一邊登記。

八戒走過來，趕緊掏腰包。

小聖和小能躲在一旁觀察。

楊戩向眾仙保證：「三天後來取書，保證按時交貨！」

「三天能寫這麼多書？肯定玩花樣。」小能對小聖說。

「別急，就等三天……」

三天後，小聖和小能隨眾仙一起駕雲來到楊府。楊家地上堆著許多書，每一本都裹著硬封套，看起來很精緻。

楊戩拿起一本《超級大力英雄》，說：「巨靈神，這是你的書。」

巨靈神接過書，覺得挺滿意的：「這書很像樣，分送親友蠻不錯的。」

他掏出錢，一下就買了十部。

其他人也被鼓動起來，紛紛搶購自己的書。

魯班說：「我朋友多，我買二十部。」

八戒說：「我買三十部。」

楊戩高興極了。眾仙提著大捆書告別而去，他親自送到門口，說：「我寫的書，奇就奇在——真正有神通、有仙氣的人才翻得開。」

「哦？是這樣……」聽了這話，眾仙心裡頗不安。

回到家裡，八戒趕緊打開硬封套——裡面上、中、下整整三卷書。「咦，怎麼翻不開？」八戒翻書，翻到汗都出來了。

「翻不開的書，怎麼看呀！」小能氣呼呼地建議，「退還給楊戩吧！」

「可是，」八戒顧慮著，「這樣就等於承認自己沒資格當神仙，多丟臉。」

小聖拉著小能跑出門：「咱們去找楊不輸、楊不敗。」

楊家屋裡，楊戩得意地對兒子們說：「學著點，這就叫輕輕鬆鬆賺大錢！」

「這樣騙錢，我們可不喜歡！」

突然，屋外傳來蟋蟀叫：「瞿——瞿——瞿——瞿瞿！」聽到叫聲，不輸悄悄對不敗說：「三長兩短，是小聖的暗號。」兄弟倆趕緊溜出去。

小聖和小能迎上前，向楊家哥倆打聽書翻不開的祕密。不敗搶著說：「這是因為我爸爸念了『封閉咒』——封起來，關起來，開不開，你活該！」

不輸指點道：「要想破『封閉咒』也有幾句——封不起，關不住，破了咒，你別哭。」

學會「封閉咒」和「反封閉咒」，小聖和小能便告別楊家兄弟往回走。路上遇見巨靈神。小聖問：「大個子叔叔，您的書翻開了嗎？」

「唔……我是神仙，當然翻得開。」巨靈神分明在說謊。

「算了吧，我爸也翻不開……我來教您咒語。」小能說。

巨靈神聽了又驚又喜，跟著一起念「反封閉咒」：

封不起，關不住，
破了咒，你別哭！

小聖叮囑：「大個子叔叔，請把『反封閉咒』再教給魯班他們……」

「我知道。」

經過巨靈神的傳播，一部部

「楊版神仙傳」終於被咒語打開了。大家大吃一驚：書裡一個字都沒有，全是白紙。他們火速找到楊戩，指著空白的書頁，質問道：「都是沒有字的白紙，怎麼回事？」

「這……」楊戩慌忙搪塞，「這是『天書』，當然奧妙。不信，我念給你們聽。」

楊戩便裝模作樣拿著巨靈神的書，對著白頁念道：

巨靈神，力氣大，
天塌下來也不怕……

大夥兒半信半疑地看著楊戩念「天書」。

小聖在小能耳邊悄語，小能點點頭：「好的。」

小能站出來，對眾仙說：「我也會念天書，不信我念給你們聽。」

「小孩子不要瞎攪和。」楊戩滿腹狐疑。

小能打開《魯班傳》，大聲讀起來：

魯班心靈手又巧，
造起房子不會倒……

眾仙大笑，魯班笑得最開心。

楊戩豎起拇指誇道：「念得一點都不錯，小能好聰明！」

「有什麼稀奇，我也會念！」小聖故意來爭風吃醋。

「哦？那你念念看——」

小聖從織女手裡拿過《織女傳》，大聲念道：

織女本領真不賴，
白天織布、晚上捉妖怪……

「這哪是我呀？」織女忍不住叫起來。

楊戩也沉不住氣，指責說：「你怎麼亂念一氣……」

「我也是亂念一氣，這書上根本沒字呀！」小能說。

「這麼說，」眾仙憤怒地齊指楊戩，「剛才你也是瞎念？」

「好哇，騙我們的錢！」大家把一部部假書砸向楊戩。

楊戩狼狽不堪，看來如意算盤又落空了。

回來的路上，小聖、小能像大人似的狠狠教訓大人們：

「也怪你們自己。」

「只想聽好話！」

保險魔箱

「我聽見鞭炮聲……」小能說。

「去看看！」小聖拉了小能就跑。

原來，天宮銀行今天開張，但見矮腳力士燃放鞭炮，長腿羅漢懸掛金匾，楊戩等許多神仙擠在那兒看熱鬧。

兩個蜂腰仙女拉開彩帶，玉帝親自剪綵。

小聖擠進去，問玉帝：「銀行是存錢的吧？」

玉帝說：「這銀行不光能存錢，什麼都能存！」

小能也湊過來，看見一個成人高的箱子，奇怪道：「大房子裡還有小房子呀？」

「這不是房子，」玉帝介紹說：「這叫『保險魔箱』，給大家存東西用的。存一取二，非常划算。」

「利息這麼高！」眾神驚訝，「高得讓人難以相信……」

「不信？當眾試驗！」玉帝便脫下一隻鞋，打開箱，放進去，關上門。

一個時辰後，打開箱門，裡面果然就有兩隻鞋了。

小能說：「哇，真的，一隻變成一雙！」

「我再來試試。」鐵拐李存進酒葫蘆。

果真又變成了一對，「這下更過癮了。」鐵拐李背起兩個酒葫蘆，興匆匆往下界杏花村買酒去了。

財神有顆金牙。「這是我的門面，如果再多一顆就好了。」財神從不輕易放過發財的機會，他連忙找到身高拳頭大的巨靈神，請求說：「麻煩您把我的金牙打下來。」

巨靈神向來熱心，他揮起拳頭喊一聲：「預備——」

財神閉眼露牙，等著挨打。小能雙手捂眼不敢看。

「開打！」重重一擊，金牙落地。

「賽賽（謝謝）！」財神撿起金牙，不好意思地對巨靈神說：「對不起，有點漏風了。」

金牙存進保險魔箱。一個時辰過去，財神終於有了兩顆金牙了。

缺了門牙的財神拿著兩顆金牙笑顏逐開，十分憨厚可愛。

當然，要裝上那顆新的金牙，還得先把另一顆舊牙齒拔掉，財神勇敢地向巨靈神露出牙齒：「為了裝門面，不怕活受罪。來吧，再麻煩您一次！」

巨靈神揮動巨拳，「客串」牙醫。

「好了，別鬧了。」玉帝莊嚴宣布，「銀行開張後，大家每天要輪流值班。」

楊戩趕緊舉手：「我吃點虧，第一個值班吧！」

「唔，」玉帝點點頭，「就這樣定了。」

走出天宮銀行的鎏金大門，小聖和小能議論著：

「奇怪，楊戩從來不肯吃虧的……」

「還不是想趁機撈油水。」

突然，哮天犬銜著紙卷跑出銀行。小聖猜測道：「他肯定是派哮天犬送信去了。」

不一會兒，楊不輸和楊不敗背著大包袱來了。

小能問：「你們要幹什麼？」

「不清楚，好像要搬家了。」不輸放下包袱說。

「爸爸要我們把家裡的東西都背來。」不敗乾脆打開包袱，裡面有茶壺、痰盂、算盤、秤、南瓜、暖爐等雜物。

楊家二兄弟又背起包袱進了銀行。

小能說：「楊戩好貪心。」

小聖說：「他是想『近水樓臺先得月』。小能呀，我掉了一個風火輪，想用保險魔箱再變一個。」

「等一等，」小能拉一拉小聖，「快回頭看！」

只見大名鼎鼎的天偷星，用背後那第三隻手拿著一個風火輪，大模大樣地走過來。

「天偷星，你拿這東西來幹什麼？」小能迎過去。

天偷星大大咧咧地說：「用保險魔箱把風火輪配成雙，可以派上用場！」

一聽聲音，楊戩急忙出門歡迎：「偷兄來啦？來得好，快請進！」

天偷星進去了，小能悄聲說：「他們臭味相投，肯定沒有好事。」

小聖出主意：「咱們變化一下，進去聽聽！」

於是小聖變成燕子，小能變成麻雀……

胖胖的麻雀、瘦瘦的燕子，「撲喇喇——」朝門裡飛去。

壞蛋變好蛋

「不輸、不敗，扛起東西快回家去。」楊戩催促兩個兒子。

楊不輸和楊不敗極不情願地抬起包袱（那包袱比原來的大一倍），一邊往外走，一邊直嘀咕：「爸爸就喜歡貪便宜。」

「我們就跟著丟臉！」

人都走了，楊戩趕緊對天偷星說：「就剩咱們啦，來談談交易吧！」

梁上的「麻雀」對「燕子」說：「瞧，他們果然要搞鬼。」

楊戩指著魔箱跟天偷星談判：「你一有收穫，就來這兒加倍，然後分一半給

我。」

天偷星算了半天，急了：「不行，分一半給你，那我不是白忙啦？」

「那就加倍後再加倍……」

「對，再平分，五五分帳。」

「沒問題，你加倍我也加倍嘛！」楊戩興奮極了，忙送天偷星出門，臨分手時，又叮囑道：「你動作要快，我只值班一天，過期作廢！」

「我有風火輪，快得很！」天偷星一溜煙走了。

見此情景，「燕子」對「麻雀」說：「魔箱本來是為大家做好事的，沒想到竟然成了他們做壞事的寶貝。」

「麻雀」說：「明天我們來值班！」

楊戩在打盹，等待天偷星。小燕子和小麻雀從梁上飛下來，繞著保險魔箱兜圈子。忽然，他們發現箱門上有個圓形機關。

「不知道那個圓東西做什麼用？」

「這要問造魔箱的魯班仙匠了。」

「小能，這樣吧，你在這裡監視他們，我去找找魯班。」

「好的。」

小聖剛走不久，天偷星回來了。瞧，這傢伙真厲害，這麼快就偷來了李天王的寶劍和張果老的驢。

楊戩喜得眉開眼笑，連忙打開魔箱，準備加倍後再就地分贓。

* * *

那邊，小聖去問造魔箱的魯班。

仙匠魯班拿出魔箱設計稿，指著門上那個圓東西，告訴小聖：「這是多功能密碼機關。」

「密碼機關？」

「是的，」魯班拍一下腦袋，「對了，我這兒還有個魔箱，可以試給你看。」

來到儲藏室，果然看見另一個保險魔箱。

「瞧這蘋果，」魯班拿出一個普通的蘋果，放進箱內，「可以要大就大，要小就小。」

他一邊轉動圓形機關，一邊念念有辭：

左轉八，右轉八，
蘋果趕上大西瓜。

箱門打開，那個普通蘋果的旁邊，果然出現一個西瓜大的蘋果。小聖叫道：

「真的，好奇妙！」

魯班又轉機關，再念口訣：

左轉七，右轉七，
蘋果小得像荸薺。

「太棒了！」小聖從來沒有見過如此小巧精緻的蘋果。他突發奇想：「魯班大叔，能不能把蘋果的滋味也變掉？」

「當然能！」魯班又念：

左轉三，右轉三，
蘋果味道有點鹹！

小聖拿出蘋果，啃了一口，驚呼：「真的是鹹蘋果！」

「明白了吧？這就叫多功能……」

「謝謝大叔，我有辦法了。」小聖高高興興跑出去，弄得魯班莫名其妙。

小聖先上凌霄殿，向玉帝申請明天跟小能一起去銀行值班，再去找小能。

一隻麻雀從銀行大廳裡飛出來，恢復成小能原形。

「他們偷得太多了，我實在記不起來啦！」小能遺憾地說。

「不要緊，」小聖胸有成竹，「明天我有辦法叫他們全部吐出來。」

下班時間到了，楊戩和天偷星扛著塔，

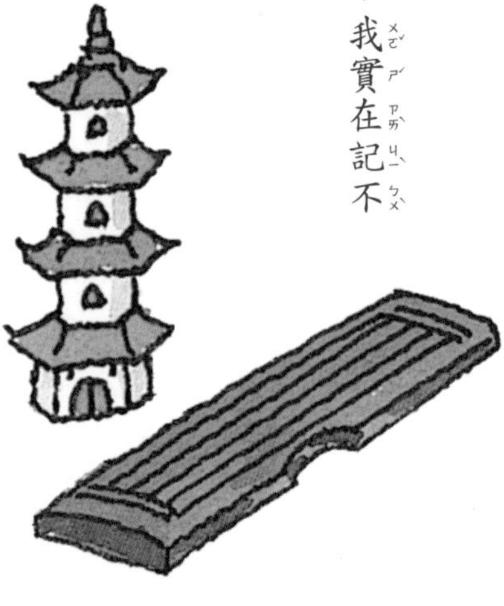

牽著驢，提著大包小袋，得意洋洋走過來，小聖說：「二郎神，交鑰匙吧，明天我們值班。」

小聖拿到鑰匙，眼睜睜看著他們揚長而去。楊戩收穫最豐，又吃肉又喝湯。

「哈哈，夠本啦，夠本啦！」

＊＊＊

第二天，小聖和小能去上班了。

第一個登門的是天偷星。

「我們正等著你呢！」小聖笑臉相迎。

「怎麼樣，」他大模大樣談條件，「還像昨天，偷來加倍再平分？」

「好吧！」

小聖拉開魔箱門，招呼正要出門的天偷星，「偷兄，你看魔箱裡面有個洞……」

「哦？」天偷星彎著腰，吃驚地朝箱裡看。小聖便對小能使個眼色，小能立即衝上前，二人一起用力，「進去吧！」一把將天偷星推進箱裡。

「你們要幹什麼？別開玩笑，耽誤時間……」

小聖關上箱門，轉動圓形機關，嘴裡念著：

左轉三，右轉三，
要把壞蛋變好蛋！

一個時辰後，出來兩個天偷星。

老天偷星說：「怎麼樣，夥計，跟我一起去幹活吧？」

新天偷星一口回絕：「不行，我可是好蛋……」

新天偷星便邀集李天王、張果老、鐵拐李等一大群失主，領著他們找二郎神，找天偷星，一一追回了贓物。

小聖和小能又高高興興值班去了。

狂犬病

這天，小聖和小能剛出門，遠遠就看見天郵使飛毛腿駕雲而來。

小能見飛毛腿夾著一大疊通知信，問：「又要開會啦？」

飛毛腿說：「不是開會。」

原來，太上老君最近煉成了一種「防瘋丹」。現在天上養寵物的神仙多了，這丹能防治寵物瘋病，接到通知的神仙們已帶著各自的寵物——張果老倒騎著他的驢，普賢菩薩騎白象，月宮的嫦娥抱天兔，金剛魔禮壽挽著蛇……一起趕往老君住的兜率宮。

「不過，」飛毛腿說，「給二郎神的通知信我不敢送，他的狗會咬人。」

這是最後一份通知信了……

小聖自告奮勇：「我們想辦法替您送去吧！」

「那就謝謝啦！」

小哥倆接過通知信，駕起雲頭前往二郎神楊戩家。

果然，老遠就聽見楊戩的哮天犬惡狠狠地狂吠。原來，楊戩吩咐過哮天犬，對他的好朋友要客氣一點，不是好朋友就不用客氣，可以嚇唬他，咬他。哮天犬很容易就把主人的好朋友牢牢記住，因為很少有人肯做楊戩的好朋友，所以哮天犬很少聞到好朋友的氣味，很少聽到好朋友的聲音，只得惡狠狠地叫個不停。

小聖來想辦法。他對小能說：「這狗不放我們進去，你來變條母狗，哄牠上當。」

小能抓抓頭皮：「可是我忘記變狗的咒語了……」

小聖就幫小能念咒語：

一二三，四五六，

搖頭搖尾，變條狗！

小能變成一條母狗，嘴裡銜著那張通知信，一扭一扭地走過去。

哮天犬看見母狗，樂得拚命搖尾巴。

「小姐，」哮天犬接過通知信後，大獻殷勤，「我幫你送過去，你在這裡等一下，別走！」

哮天犬飛快地跑回屋裡，把通知信交給主人。

楊戩看了通知信，「哼」了一聲：「我的狗是神

犬，吃什麼防瘋丹！」

門外的小聖和小能看見紙片像蝴蝶一樣飛出來。

小聖說：「通知信被他撕碎了。」

小能說：「白白變了一回母狗。」

他倆挺不高興地回家去了。

再說哮天犬，趕緊轉身跑到門口，母狗已經無影無蹤。

「她去哪兒啦？」

茫茫雲天，苦苦尋找。找遍九重天界，一場空，但哮天犬不洩氣，又從天上找到地上。

降落在河邊，河水清澈如鏡。哮天犬渴了，正好喝個夠。

喝著喝著，水面出現了母狗的倒影。不是哮天犬要找的母狗，卻比要找的更可愛！

哮天犬一抬頭，見那母狗在對岸向牠招呼。

哮天犬急忙用狗爬式「嘩嘩嘩」游過河去，濕淋淋地跑到母狗面前，興奮極了。

沒想到那母狗露出牙齒笑啊笑的，突然變臉，向哮天犬猛撲過來。

哮天犬大吃一驚，來不及躲閃，已被咬住一隻耳朵。

「救命！」

哮天犬好不容易掙脫，逃上天去。

遠遠望見南天門，兩員天將各持兵器，在此把守。

「站住，要檢查。」哮天犬被攔住了。

「查什麼？」哮天犬大大咧咧的，「我又沒走私！」

天將甲說：「我們在替衛生防疫。」

天將乙仔細觀察哮天犬：「你的眼睛有點紅，是瘋狗吧？」

楊戩正好蹓躂到這兒。

「你們說牠是瘋狗，」楊戩說，「那我不就是瘋子了？」

二天將慌忙鞠躬，說：「不敢，不敢！」

「哼，罵狗也得看主人！」

楊戩罵罵咧咧地帶著哮天犬進了南天門。

快到家了，楊戩剛想跟狗玩玩，被瘋狗咬過的哮天犬，這時瘋勁上來了。

哮天犬先是露出牙齒笑啊笑的，然後眼睛突然變得血紅，怒吼著向主人猛撲！

楊戩被嚇壞了，拚命往家逃。

哮天犬緊緊追趕。

總算到家，楊戩一進屋就插上門栓。

楊不輸說：「爸爸，哮天犬在外面叫呢！」

楊戩氣喘吁吁：「牠……牠瘋了！」

楊不敗說：「應該把瘋狗關起來，免得咬人。」

楊戩不以為然：「只要不到家裡來咬就行了嘛！」

不過，總不能老不出門呀？這麼一想，楊戩又有點發愁了。

記得有本養狗的書，找出來查一查……

「哈，」這書果然有用，「書上說神狗和凡狗不同，只要咬過十個人，就會毒盡復元……」

「哢哢哢！哢哢哢！」哮天犬在外面抓門，撞門。

「哮天犬，」楊戩從屋裡發話，「你只要咬過十個人，我就放你進來。」

哮天犬愣了愣，點點頭，飛快地跑掉了。

小聖和小能從門外走過，聽見了楊戩說的話。

小能說：「楊戩真卑鄙！」

小聖說：「該去提醒大家，小心瘋狗。」

他倆立刻動手，貼出一張張瘋狗警報：

哮天犬是瘋狗

時髦的叫法

這時，他們看見赤腳大仙走過來。

小聖提醒他：「赤腳大仙，你別再赤腳了，小心瘋狗咬。」

赤腳大仙苦著臉，抬起一隻腳，腳趾頭在滴血，「我已經被牠咬了！」

「去找楊戩算帳！」小能氣衝衝，拉著赤腳大仙就走。

但小聖說：「還是先找老君治療，狂犬病是很危

險的。」

「對。」小能敲敲自己的頭。他對赤腳大仙說：「我來背你。」

他們一起趕往兜率宮。

老君果然沒讓他們失望：「還好，我又準備了『止瘋丹』……」

赤腳大仙服下止瘋丹，看見其他正在休息的受傷神仙們。

老君說：「才一會兒工夫，已經有九個人被瘋狗咬了。」

小聖對小能說：「現在該去跟楊戩算帳了！」

來到楊府門外，小能忽然叫：「瘋狗來了！」

果然跑來了眼睛血紅、張牙舞爪的哮天犬。

小聖說：「把牠打暈算了，省得再禍害人。」

「好！」

二人掏出如意兵器——石筍和石杵，準備夾擊哮天犬。

「手下留情！」

誰在懇求？前後左右不見人，小哥倆抬頭看，原來是楊不輸從屋頂煙囪裡探出身來。

小能問楊不輸：「你在煙囪裡幹什麼？」

不輸說：「爸爸不許我們開門，只好從煙囪裡進出了。」

小聖挺為難地跟小能商量：「不輸、不敗和咱們是好朋友……但不打他的狗，狗還會再傷人……」

「這狗已經咬了九個人，再咬一個人就不瘋了，那麼，」小能一拍胸膛，「就讓牠來咬我吧！」

煙囪裡的楊不輸太感動了：「小能捨己為人，真夠朋友。」好一個小能，立即收起兵器，赤手空拳地迎著瘋狗走過去：「來吧，讓你咬！」

「這麼大方？」哮天犬有點愣住了，「小能的肉會不會有毒？」牠湊近小能嗅了又嗅。

「不，」小聖一把拉開小能，「應該讓哮天犬去咬楊戩。」

楊不輸也同意：「對，該給爸爸一個教訓。」

這時，屋裡的楊不敗指著外面對楊戩說：「爸爸，好像聽見哮天犬的聲音。」

楊戩就對門外說：「哮天犬，你已經咬了幾個人，就叫幾聲。」

「汪！汪！汪！汪！汪！汪！汪！汪！汪！」

楊戩仔細數著：「唔，咬了九個人了，真能幹。」

小能再補一聲狗叫，想騙楊戩出來挨咬。

「汪！」

「咬了十個人啦？」但楊戩有些懷疑，「這一聲不大像狗叫，倒像豬叫。」

楊不輸連忙替小能掩飾：「沒錯，是狗叫，是一種時髦的叫法。」

楊戩放心地開了門。

哮天犬直撲進來。

「還要咬我！」楊戩大驚失色。

楊戩把桌腿送到哮天犬嘴裡：

「哈哈，你咬桌子吧，咬不到我？」

沒想到，被瘋狗咬過的桌子，成了瘋桌子。

瘋桌子邁動四條腿，瘋狂地追趕楊戩。桌子有個裂

口，就像嘴巴。

屋裡的不輸、不敗，屋外的小聖、小能，興高采烈地看桌子追楊戩。

「加油！加油！桌子，加油！」

沒人當楊戩的啦啦隊，楊戩覺得沒勁，就越跑越慢了。

瘋桌子一口咬住楊戩的衣服。

被瘋桌子咬過的衣服，又成了瘋衣服。

瘋衣服在楊戩身上折騰起來，這次弄得他跑不掉，掙不脫，只好亂叫：「好疼！衣

服咬我了！」

這情景太好玩，連哮天犬都笑了。

見楊戩疼得在地上打滾，小聖對楊家兄弟說：「也夠他受的了。向老君爺爺要顆『止瘋丹』來吧！」

他們又趕到兜率宮，但老君說：「止瘋丹用完了，需要的話，得重新再煉。」

小聖問：「要煉多長時間？」

老君說：「七七四十九天才能煉成呢！」

小能急了：「可是楊戩的瘋病一發作，就會到處咬人。怎麼辦呢？」

小聖想出個主意：「可以用楊不輸的冰眼，先把他冷凍起來……」

正說著，得到狂犬病的楊戩跑來了。

「我要咬人！我要咬人！」

情況緊急，刻不容緩，楊不輸一拍腦門，一對冰眼放出寒光，直射楊戩。

楊戩立刻被凍住，冰雕一般無法動彈。

小聖又對楊不敗說：「等過了七七四十九天，有了止瘋丹，再用你的火眼來烤他……」

大家哈哈笑，只有楊戩笑不出來。

周銳作品集

幽默西遊之六：無臂羅漢拍腳掌

2012年4月初版　　定價：新臺幣270元

著者　周銳
繪圖　洪義男
發行人　林載爵

出版者　聯經出版事業股份有限公司
地址　台北市基隆路一段180號4樓
編輯部地址　台北市基隆路一段180號4樓
叢書主編電話　(02)87876242轉213
台北聯經書房：台北市新生南路三段94號
電話：(02)23620308
台中分公司：台中市健行路321號
暨門市電話：(04)22371234ext.5
郵政劃撥帳戶第0100559-3號
郵撥電話：(02)23620308
印刷者　文聯彩色製版印刷有限公司
總經銷　聯合發行股份有限公司
發行所：台北縣新店市寶橋路235巷6弄6號2樓
電話：(02)29178022

叢書主編　黃惠鈴
編輯　張倍菁
校對　趙蓓芬
整體設計　陳淑儀

行政院新聞局出版事業登記證局版臺業字第0130號

本書如有缺頁，破損，倒裝請寄回台北聯經書房更換。　ISBN 978-957-08-3980-7 (平裝)
聯經網址：www.linkingbooks.com.tw
電子信箱：linking@udngroup.com

國家圖書館出版品預行編目資料

幽默西遊之六：無臂羅漢拍腳掌/
周銳著．洪義男繪圖．初版．臺北市．聯經．
2012年4月（民101年）．184面．14.8×21公分
（周銳作品集）

ISBN 978-957-08-3980-7（平裝）

859.6 101005853